KB184911

계화의 여름

계화의 여름

배명은

위즈덤하우스

차례

프롤로그

[2024년]

어둠의 저 끝에서 상엿소리(상여를 멘 상여꾼들의 노래)가 들려왔다. '이제 가면 언제 오나. 어허야. 데야.' 선소리꾼의 메기는 소리를 따라 받는 소리가 들렸다. 마치 영원한 것은 없다는 듯이 사흘 전부터 그 꿈을 꿨다.

꿈에서 깬 계화는 어둑한 방을 가만히 보았다. 익숙한 방으로 새벽빛이 스며들었다. 계화는 무거운 몸을 일으켰다. 그리고 습관대로 머리를 매만지고, 이불을 정리하고 방을 나섰다. 눅진한 바람이 한차례 거실에 불었다. 간밤 더위에 열어둔 창문을 뒤늦게 발견한다. 노인 혼자 사는 집에 누가 들어올까마는, 문단속하지 않았다는 사실에 잠깐 마음이 쓰인다.

"가만 보자."

오늘은 무얼 해야 하나. 어제 했던 일들을 곰곰이 생각해본다. 아들이 몇 년간 먹을 된장도 만들고, 굽은 허리로 김치도 담그고. 손으로 헤아려보다가 신발장 옆에 걸어둔 빗자루를 들었다. 아직 해가 채 뜨지도 않았는데 집 안의 문이란 문은 다 열었다. 이리저리 내딛는 걸음이 다급하다. 온 방을 다니며 쓸고 닦았다. 걸레를 빨다가 문득 거울을 들여다보고는 세수도 하지 않았다는 사실을 떠올렸다. 황급히 주름진 얼굴을 물로 씻었다. 목을 문지르던 계화는 둔한 손가락

끝에 닿는 흉터에 잠시 멈칫했다. 마치 생소한 것을 대하듯이 조심스레 오돌토돌한 살갗의 표면을 어루만진다. 그러다가 거울 속의 자신을 발견하고는 다시 씻는 데에 열중했다.

세탁기도 돌리고, 밥도 씩씩하게 먹었다. 빨랫줄에서 옷가지가 펄럭일 때, 한여름의 해가 떠올랐다. 햇빛에 눈이 너무 부셔 눈물이 고였다. 한시도 가만히 있을 수 없었다. 매미가 우는 마당을 싸리비로 쓸었다. 아직 할 일이 남았다는 듯이 계화는 온 집을 헤집었다. 온몸에 땀이 흥건해서 다시 씻었다. 삐리리. 삐리리. 거실에 두었던 휴대폰이 울리는 소리가 들렸다. 옷을 대충 꿰어 입고 화장실에서 급히 나와 휴대폰을 들었다. 요양사 선생이다.

"아이고, 선생님. 내 씻다가 나왔네."

"할머님, 식사는 하셨어요?"

"그럼. 어제 내가 열무김치를 아주 맛있게

담가서 그거에 밥 비벼 먹었지."

"된장도 만드셨다면서요. 김치까지 하셨어요? 그제는 밭에서 잡초를 뽑더니, 너무 무리하지 마시라니까."

"무리는 무얼. 내일부터는 무리하라고 해도 할 일이 없을 텐데. 잔소리 말고, 선생님 것도 두었으니 내일 가져가."

계화의 너스레에 깊은 한숨과 함께 못 말리겠다는 말이 돌아왔다.

더는 할 일이 없어 계화는 천천히 산으로 올라갔다. 우거진 나무 잎새가 해를 가리자, 찜통 같던 더위가 한풀 꺾였다. 바람도 시원했다. 켜켜이 쌓인 낙엽을 밟으며 계화는 콘크리트 길을 따라 깊숙이 들어갔다. 뒷짐을 지고 걷는 걸음은 생각보다 가벼웠다. 산등성이를 휘도니 녹슨 철문이 나왔다. 사슬로 친친 감긴 문은 굳건하게 닫혀 있다. 젊었을 때처럼 대문을 넘지 못해도, 세월이 그

옆 철로 된 담장을 바스러뜨려 길을 내어줬다.

높게 자란 수풀이 옷깃을 잡아채는
길을 걸었다. 그늘이 끝나는, 언젠가는
너른 잔디가 펼쳐졌던 정원도 이제는 이름
모를 잡초로 뒤덮였다. 연못이었던 자리도
메말라 스산했다. 뒤로는 단층의 붉은
벽돌집이 있었다. 그때의 아름답고 선명한
색은 사라지고 사방에 금이 가 금방이라도
허물어질 듯한 모습이다.

깨진 창으로 보이는 집 안은 텅 비어
있다. 거실 장을 가득 채웠던 엘피판도,
움직일 때마다 뽀득뽀득 울리던 가죽 소파도,
된장찌개조차 고급스러운 양식처럼 보이게
하던 원목 식탁도. 아주 오래전 일이었지만,
집 안 곳곳에 무엇이 있었는지 눈앞에 선했다.
털털 돌아가는 선풍기와 아련한 리듬을 타는
외국 여자의 목소리가 어디선가 들려오는
듯했다. 뜨거운 열기에 현기증이 일어 계화는

주춤거리며 그 자리에 주저앉았다. 눅진한
바람에 검은 나뭇잎이 하얗게 부서지고
말고를 반복한다. 귓가엔 아득한 매미
울음만이.

바지 주머니에 찔러둔 휴대폰에서 요즘
유행하는 트로트가 흘러나왔다. 눈을 감았다
떴다. 하늘은 어느새 붉은빛을 띠고 있었다.
전화를 받자, 아들 수한의 성난 목소리가
들렸다.

"아씨, 엄마. 내가 얼마나 전화를 했는데.
대체 뭐 했길래 전화도 받지 않아?"

"왜 전화했어?"

"왜긴! 내일 엄마 병원에 들어가기
전에 도장이랑 통장 같은 중요한 건 나한테
맡기라고……."

"또 그 소리야. 아주 노인네 죽어라 죽어라
고사를 지내라. 썩을 놈!"

"그러길래 진작에 그 집 팔았으면 내가

지금 이런 소리 하겠어?"

아들은 도대체 누굴 닮았길래 저렇게 뻔뻔할까. 외동아들로 오냐오냐하고 자랐지만, 어릴 때는 마냥 착하기만 해서 사회에 나가면 사기나 당하지 않을까 걱정이었다. 하지만 이제 그 모습은 온데간데없고 번뜩이는 두 눈과 내뱉는 말에 욕망을 그대로 드러낸다.

"그 집 건드리기만 했단 봐!"

버럭 소리를 지르며 계화는 전화를 끊었다. 씨근덕거리는 숨에 위장이 꿈틀거렸다. 잔기침이 터져 두 눈을 감고 숨을 골랐다.

'다 힘들어서 그러는 거야. 힘들어서.'

대기업을 다니던 아들은 무슨 듣지도 보지도 못한 사업들을 시작했다가 망했다. 잘 살아보려고 했지만 계속 일이 꼬이고 며느리와도 별거하는 듯했다. 까마득한

앞날에 조급하기도 하겠지. 손을 보태줘야

할 엄마도 몹쓸 병에 걸려 돈 잡아먹질 않나.

그때 희망에 들뜰 소식이 들려왔다. 고향집이

재개발된다는 소식. 그래 눈이 돌아갈 만하지.

　"어차피 죽어 없어질 몸. 남은 아들이 제

앞날에 쓰면 기꺼워해야 그게 부모 마음이지."

　잠시 아들을 미워했다는 사실에 마음이

쓰였다. 코를 훌쩍이며 계화는 자리에서

일어났다. 땅거미가 지고 있었다. 대문을

지나며 뒤를 돌아봤다. 어둠에 잠기는 그 집을

다시 볼 일은 없을 것이다.

　영원한 것은 없었다. 꾸역꾸역 살아내던

삶이 곧 종말을 고한다니. 그러니 이만하면

되었다. 부디 무한의 꿈마저 앗아가길.

　여느 때보다 밝은 달빛에 산길은 험하지

않았다. 빽빽하게 선 나무 사이로 불이 켜진

집이 보였다. 계화는 무거운 발을 끌며 집에

들어갔다. 이내 집 안을 채우던 불이 꺼졌다.

다음 날 이른 시간에 작은 마티즈가 집
앞으로 왔다. 짐을 들고 나와 머뭇거리며 집을
바라봤다. 그렇게 계화를 태운 차는 집을
나섰다.

1

[1969년]

먹구름이 잔뜩 꼈다. 공기 중엔 습기가
가득했고 후끈한 열기는 움직이지 않아도
땀이 흘렀다. 열두 살의 계화는 떠들썩한
교실에 서서 손등으로 눈가를 닦았다. 피부가
따끔거렸다.

"야, 너 몸에 때 낀 거 봐. 오늘도 안
씻었냐?"

반장 남영의 말에 아이들이 키득거리며
손가락질했다.

"더러워."

"냄새나."

비늘증을 앓고 있는 계화는 소매가 짧아지는 여름이 싫었다. 상체에 광범위하게 퍼진 흉을 보고 툭하면 아이들이 놀렸기에 애써 긴소매 옷을 찾아 입었지만, 아이들은 잊는 법이 없었다. 그때마다 서럽다고 울지는 않았으나 오늘만큼은 너무 속상했다.

오늘은 계화의 생일이다. 서울로 돈 벌러 가신 부모님이 하늘이 두 쪽 나도 이번 생일에는 꼭 맞춰 오겠다며 새끼손가락까지 걸고 약속했었다. 이제 오려나 언제 오려나. 생일이 되기 며칠 전부터는 싸리문 너머만 봤다.

어제는 밤이 늦도록 눈을 부릅떴다. 할머니가 가네코 귀신이 잡아간다며 그만 자라고 소리쳤다.

(가네코 귀신은 일제강점기 시대 때 시내에 있는 적산가옥에서 자살한 여귀인데, 항간엔 그

남편이 해방 이후 그녀를 두고 혼자 일본으로
돌아가버려 그에 비관하여 죽었다는 소문이
있다. 이름은 가네코지만, 조선 사람이기에
버려졌다고 한다. 이후 사람들은 대놓고 일본인과
살았던 그녀를 손가락질했다. 그렇게 가네코의
자살로 그녀의 존재는 잊혀졌어야 옳았으나 어느
날부턴가 그녀의 이름이 입에서 입으로 전해졌다.
적산가옥에서 '이히히' 웃는 가네코의 기척이
들린다거나, 어두운 거리에서 휘청휘청 걷다가
마주친 사람을 쫓아온다던가, 혼자서 외롭다며
혼자 놀고 있는 아이들을 납치해 적산가옥으로
끌고 간다는 얘기도 있었다. 그래서 아이들은 망태
할아버지보다 가네코 귀신을 더 무서워했다.)

　　그러나 계화는 순순히 눈을 감을 수가
없었다.

　　'어떤 선물을 가지고 오실까.'

　　엄마, 아빠가 가지고 올 생일 선물이
기대됐다. 서울에서 제일 멋지고 예쁜

인형으로 준비하겠다고 하셨다. 그걸 학교에 가지고 가서 자신을 괴롭히는 아이들에게 자랑할 생각에 설렜다. 여자아이들은 분명 자기들도 갖고 싶었던 인형을 보며 같이 놀자고 말할 것이다. 그럼 퇴짜를 놔야지. 그 생각만 해도 웃음이 입가에 번지는데, 가네코 귀신이 무서울 리가.

금방이라도 문을 열고 엄마 아빠가 들어올 것만 같았다. 그러다가 어느 순간 눈이 뻑뻑해져서 잠시 눈을 감았다. 고통을 감내했던 눈이 곧 편안해졌다. 숨을 깊이 들이켜고 내쉬자 몸이 묵직하게 가라앉았다. 다시 눈을 떴을 땐, 아침이었다. 화들짝 놀라 옆을 보았지만, 부모님은 없었다. 실망이 이만저만이 아니었다. 그래도 첫차를 타셨을 테니 학교를 다녀오면 와 계시리라.

"느그 애비 에미는 오늘 안 온다!"

아침 밥상을 앞에 두고 할머니가 말했다.

너무도 사소한 일인 것처럼 아무렇지도 않게. 처음에는 황당하고 슬프다가 이내 화가 났다. 집에 전화가 있는 것도 아니니 할머니는 부모님이 오지 못하는 걸 미리 알고 있었을 터였다. 매번 약속을 깨는 부모님도 미웠지만, 그 사실을 지금 알리는 할머니가 더 얄미웠다. 한껏 기대한 걸 뻔히 알면서 그 기대를 계속하도록 만들다니.

그렇게 계화가 아침밥을 먹지도 않고 부루퉁해 있자 할머니는 오히려 더 짜증 냈다.

"이게 다 네가 그 몹쓸 병에 걸려서 부모가 고생하는 거 아니겠냐? 그것도 모르고 지 생일이랍시고 선물 사달라 떼나 쓰고. 니 나이가 몇인데 언제까지 애처럼 굴래?"

"내가 아프고 싶어서 아파? 못 올 거면 애초에 오겠다고 약속이나 하지 말든가! 할머니도 진작 알고 있었으면 빨리 얘기해주지 왜 오늘 얘기해주는 거야? 뭐

좋은 소식이라고!"

"저, 저! 지 할미한테 말하는 꼬라지 보소."

밥주걱이 날아올까 봐 계화는 책가방을
들고 집을 나섰다. 쿵쾅쿵쾅 발을 구르며
긴소매에 가려진 상처를 힘껏 문질렀다.
기다림이 아무런 쓸모가 없어져 신경질이
났고 할머니가 말한 몹쓸 병 때문에 생긴 이
상처들도 꼴 보기 싫었다.

'이것만 아니라면 부모님과 함께
살았겠지. 정말 이것 때문에 엄마 아빠가
힘들게 일하는 걸까. 내가 아니었다면
고단하지 않고 편할 수도 있었을 텐데.'

그러니 평소처럼 당하는 놀림도
오늘만큼은 가슴을 후벼팠다. 따끔거리는
팔뚝 위의 상처처럼 마음도 따끔거렸다.
울적한 마음에 대꾸도 하지 않고 가만히 있자,
갑자기 손가락질하던 남영이 계화의 블라우스
자락을 들췄다. 잠깐이지만 배에 난 흉터가

보였다가 사라졌다.

"이거 봐봐. 여기도 징그럽게……."

순식간에 벌어진 일에 계화는 당황했다.
바로 앞에서 남영이 친구들하고 히죽 웃었다.
그 모습에 머릿속을 헤집던 슬픔과 자책감은
사라지고 화가 치밀었다. 힘껏 남영의 뺨을
때렸다. 그 아이도 갑자기 맞을 줄은 몰랐던
듯 멍하게 계화를 처다봤다. 하지만 거기서
멈추지 않았다. 손을 뻗어 남영의 머리카락을
움켜쥐었다. 잡아당겨 휘청거리는 틈에
손등의 상처를 그 얼굴에 문질렀다. 놀란
친구들이 그들을 붙들어 억지로 떼어냈다.
그래도 울분이 가시지 않아 고래고래 소리를
질렀다.

"확 옮아버려라!"

그 말에 남영의 얼굴이 사색으로
변하더니 곧 울음을 터트렸다.

"선생님!"

정말 옮을까 봐 놀란 몇 명이 교무실로 달려갔다. 그동안 계화는 아이들에게 옮는 병이 아니라고 숱하게 얘기했었지만 이렇듯 아이들은 단 한 번도 믿지 않았다. 그 사실이 오늘은 좀 후련했다. 계화는 책가방을 챙겨 들고 교실에서 나왔다.

날씨는 나아지지 않았다. 여전히 하늘은 흐리고 아까보다 바람이 셌다. 교문을 나선 계화는 잠시 멈췄다. 부모님이 없는 집으로는 가고 싶지 않았다. 그렇다고 달리 갈 곳이 없었다. 잠시 머리를 굴리는데 손등이 아팠다. 딱지가 벗겨졌는지 그 자리에 피가 나고 있었다. 몹쓸 병, 더러워, 징그러워. 사정없이 사방으로 휘몰아치는 바람처럼 다시금 떠오른 나쁜 말들이 자신을 몰아붙였다. 더는 버티고 싶지 않았다. 상체에 퍼진 비늘증의 상처도 아프고, 간지럽고, 꼴 보기 싫었다. 엄마,

아빠도 할머니도 나도 서로 괴로우니, 이렇게
할머니와 부모님까지 괴롭게 할 바에는
콱 죽어버려야겠다. 마음을 먹고 달리기
시작했다.

　　마을의 당산나무를 지나 산으로 갔다.
조금만 더 올라가면 마을에서 유명한
절벽이 나왔다. 거기서 옛 선녀님이 하늘로
날아올랐다나. 새 전설을 쓸 생각이었다.
배계화 이 절벽에서 날아오르다!

　　젖은 옷소매로 눈가를 닦아내고 방금
생각난 문장이 마음에 들어 고개를 끄덕였다.
비바람이 불었다. 사위에 희끗희끗 안개가
껴 시야를 가렸다. 하늘을 덮은 무성한
나뭇잎들이 묵직한 바람결에 휩쓸렸다. '이제
가면 언제 오나' 가락에 맞춰 움직이는 것이
마치 계화의 마지막을 위한 상엿소리 같았다.

　　눈앞이 훤해지며 넓은 바위 터가
나타났다. 절벽에 다다른 것이다. 그 순간

드러난 잿빛 하늘에서 콰르릉 쾅! 빛이 번쩍이고 천둥이 쳤다. 놀라 비명을 내질렀다. 잠시 뒤에 또 쾅 하고 울리자 마음의 준비를 했음에도 그 자리에서 펄쩍 뛰었다. 소리는 점차 커졌다.

다시금 정신을 다잡았다. 억울하고 분한 마음에 코를 훌쩍거렸다. 죽는 건 금방이다. 지금 가지고 있는 아픔은 언제 끝날지 기약이 없으니 셈으로 따져도 죽는 게 맞다. 떨리는 다리에 힘을 줬다. 저 멀리 안개 사이로 마을 앞을 휘도는 누런 강이 까마득해 보인다. 그리고 당산나무도. 계화는 눈을 질끈 감았다. 그렇게 마지막 걸음을 떼어 뛰어내리려고 했는데. 갑자기 발밑 아래에서 돌풍이 불어닥쳤다. 앞으로 기우뚱하던 몸이 커다란 압력에 뒤로 넘어갔다.

"으악!"

눈을 뜨자 절벽에서 검은 무언가가

솟구쳤다. 계속, 끝도 없이. 멍하니 그것을
바라보았다. 고개를 한껏 젖히고 보자 저
꼭대기에서 붉은빛이 반짝였다. 마치 눈이
마주친 것처럼.

"어?"

다시 몰아치는 강한 바람에 바닥을
데굴데굴 굴렀다. 하늘에서 번개와 천둥이
잇달아 쳤다. 쾅, 쾅, 쾅! 사방에서 벼락이
떨어져 땅이 파이고 나무가 갈라졌다. 이내
날카로운 울부짖음이 산을 뒤흔들었다.
다시금 눈을 질끈 감은 계화는 바닥에 납작
엎드린 채 귀를 틀어막았다. 기어이 하늘이
무너지나 보다.

❖

이무기는 천 년을 기다린 끝에 용이
되어 승천한다. 아, 그 기나긴 기다림이란

얼마나 지루하고 어려운 일이던가. 이제
때가 되나니, 요술을 부려 비구름을 부르고
바람이 몰아치게 했다. 안개마저 곳곳에
불러일으키자 그제야 승천하기 딱 좋은
날씨가 되었다. 가벼운 몸짓으로 땅을 박차
올랐다. 드디어! 너무도 기뻐 절로 몸이
꿈틀거렸다.

'아하하하. 가볍다. 가벼워!'

쾌재를 부르며 오르던 중 무언가의
시선을 느꼈다. 고개를 내리니 시선 끝에
아주 콩만 한 아이의 작은 눈이 자신을 빤히
쳐다보고 있었다. 뭐지? 저 녀석은? 그런
의문과 동시에 하늘이 번쩍였다. 쿠르르 쾅쾅!
삽시간에 주변을 감싸던 기운이 달라졌다.
아차 싶었다. 승천 중에 인간이 이를 보면 안
된다는 금기가 뒤늦게 생각났다. 하늘에서
벼락이 떨어졌다. 피하려 몸을 틀었지만,
연이어 떨어진 벼락에 얻어맞았다. 철 갑옷

같던 비늘이 찢어졌다. 정신을 차릴 새도
없이 다음에도 그다음에도 벼락은 바닥으로
떨어지는 몸을 인정사정없이 가리가리
찢어버렸다. 정신이 아득했다.

　정신을 차려보니 며칠이 지나 있었다.
어리석은 인간 때문에 귀한 천 년을 날렸다.
이제 또 얼마나 지난한 시간을 보내야 할까.
천 년도 지긋지긋했는데 그 이상을 다시
살아야 하다니. 게다가 몸까지 찢길 대로 찢겨
볼품없는 구렁이가 되어버렸다. 이무기의
몸이었던 지난날, 몸 한번 들썩일 때마다
산이 요동쳤었다. 하지만 지금은 여기서
저기까지 가는 데 한나절. 감히 나를 하찮게
만들어버리다니.

　'원통하고 원통하도다.'

　독니를 빠득 갈며 원수인 콩만 한 것을
찾아 헤맸다. 원대하고 고결했던 거사를

한순간에 망쳐버린 놈을 만나 눈을 멀게
하고 자신처럼 몸을 가리가리 찢어발길
것이다. 그리고 괴로움에 몸부림칠 때 한입에
삼키리라.

마을 입구를 지나자 쪼그려 앉아
흙바닥에 무언가를 긁적이는 콩만 한 인간을
발견했다.

"이제 가면, 언제 오나, 어허야, 데야."

무언가를 흥얼대는 인간에게서 기억에
남은 그날의 냄새가 났다. 틀림없는 놈이렷다.
곧 있을 복수에 얼마나 흥분이 되던지 축축한
몸이 벌벌 떨렸다. 몸을 낮추어 바닥을 기면서
이 날카로운 독니를 한 줌도 되지 않는 저
뒷덜미에 꽂을 생각을 하자 절로 입맛이
다셔졌다. 잔뜩 웅크리고 튀어나갈 순간을
기다리던 그때! 무언가가 날아와 머리를
때렸다.

어찌나 빠르고 세차던지 피할 새도

없이 머리를 맞아 눈앞이 번쩍였다. 정신을
차려보니 바닥에 돌이 있었다. 누군가가
자신을 방해하려는 것인가 싶어 주위를 보자
콩만 한 것이 두 주먹을 불끈 쥔 채 그 자리에
서 있었다. 언제 왔는지 그 앞에 비슷한
콩들끼리 섰다.

"니가 학교에 나오지 않는다고 날 피할 수
있을 줄 알았어?"

"내가 무섭기는 했나 봐? 나한테 맞아서
그 복수를 하려고 친구들 줄줄이 데리고
왔니? 그래, 상처는 좀 어때? 붉은 기가
올라오지 않아? 슬슬 간지럽고 따끔거리고
그럴 텐데!"

"우리 엄마가 잘 씻으면 낫는다 그랬어!
넌 더러워서 그런 거라고! 성격이 못돼먹어서
너희 엄마 아빠가 키우기 힘들어 도망간
거라더라."

"이게 뚫린 입이라고…… 악!"

원수가 금방이라도 달려들려고 하자
그 뒤에서 다른 애들까지 돌멩이를 던졌다.
두어 개가 팔다리에 맞았다. 꽤 아프겠다고
생각했다.

"이것들이."

"우리 엄마가 그러는데 너 그렇게 살다가
뱀이 될 거라고 하더라."

"웩, 징그러워!"

"그러면 콱 죽여버려야지!"

아이들이 다시 돌을 던지기 시작했다.
원수인 아이는 버티지 못하고 도망치기
시작했다. 허공에 빗방울 같은 눈물이
흩어졌다. 흥이 식어 돌아섰다.

'굳이 손을 보태지 않아도 곧 죽겠군.'

인간은 잔인하고, 나약하니까.

❖

    매미가 요란하게 우는 날이었다. 더께를
쌓은 돌널무덤 위에 구렁이 한 마리가 늘어져
있다. 낮게 자란 수풀 위로 드리운 그림자가
슬금슬금 그곳으로 향했다. 기나긴 막대기가
앞으로 나아갔다. 쿡. 쿡쿡. 그 끝으로 미동도
없는 구렁이를 찔러대자, 성질이 났는지
대가리를 불쑥 든다. 서로의 눈이 마주치자
숨죽였던 계화가 꺄아! 비명을 내지르며
도망쳤다. 몇 발자국 달려갔을까. 힐끗 뒤를
돌아보는 시선에 힘없이 고개를 떨구는
구렁이의 모습이 보였다. 계화는 멈춰 서서
구렁이를 보더니 산속으로 사라졌다.

    한참 후, 땀에 젖은 채로 달려온 계화는
구렁이 앞에 산딸기를 한 아름 담은 나뭇잎을
놓았다. 구렁이가 다시 대가리를 들었다.

    "너도 어디 아프니? 이거 먹어봐. 뭐라도

먹어야 힘을 내지. 아, 미안. 내가 있어서 못
먹겠다."

계화는 뒤돌아 그늘진 산속으로 들어갔다.
경계를 풀 만큼 떨어져 나무 뒤에 숨어 몰래
구렁이를 봤다. 얼마 전에 하릴없이 산을
돌아다닐 때 오래된 돌무덤 위에 늘어진
구렁이를 발견했었다. 꽤 커다란 몸집의
뱀은 몇 배로 위험하니까 다가가지 않고
돌아섰다. 오늘도 본 구렁이는 움직임이
없었다. 죽었다고 생각했었는데 고개를 드는
걸 보니 아픈 게 분명했다. 구렁이는 계화가
오전 내내 구한 산딸기에 신경도 쓰지 않았다.
계화는 괜히 시무룩해져 돌아섰다. 물론 몸이
아프면 짜증도 나고 만사가 귀찮다. 하지만
계속 먹지도 못하면 죽을지도 모르는데. '굶음,
죽어!' 도깨비처럼 얼굴이 벌게져 소리치던
할머니의 얼굴이 떠올랐다.

"흠……."

죽으면 안 되는데.

막대기로 수풀을 건드리며 계화는 산길을
내려갔다. 붉은 노을에 물든 하늘을 보니
할머니는 지금쯤 밭에 있으리라 짐작했다.
이대로 조용히 집으로 간다면 오늘도 학교에
결석한 걸 들키지 않을 것이다. 학교에 안
간 지, 일주일이 넘었다. 아파서 자주 빠지니
학교에서도 그러려니 하는 것 같았다.

학교에 다녀서 좋은 건 하나도 없었다.
맨날 놀림만 당하지. 할머니도 학교에 다닌
적이 없지만 궁한 거 없이 잘 살고 있지
않은가. 굳이 공부 같은 건 할 필요가 없어
보였다. '할머니 따라 밭농사나 지으며 살지
뭐.' 계화는 입술을 삐죽이며 싸리문을 지나
마당으로 당차게 들어섰다. 그러나 아무도
없어야 할 집에 할머니는 물론 남영이와 담임
선생님까지 있었다.

"아, 저기 오네요. 계화야!"

마루에 앉아 있던 선생님이 자리에서
일어나 계화를 반가이 맞이했다. 이미 계화는
바짝 얼어붙어 있었다. 서글서글 웃고 있는
선생님 뒤로 도깨비 얼굴을 하고 있는
할머니와 잔뜩 입술을 삐죽 내민 남영이
보였다.

"아픈 건 좀 어떠니? 이번에는 좀 오래
아팠던 거 같아서 선생님이 계화 좋아하는
복숭아를 사 왔어."

이 마을에서 나고 자란 선생님은 아빠의
절친한 친구로서 계화도 딸처럼 어여삐
여겨주시는 아주 좋은 분이셨다. 그런
선생님은 정말 계화가 아파서 학교에 가지
못했다고 여겼다.

"엊그제 할머님이 계화가 아프다고
얘기해주셨거든. 근데 오늘도 안 와서 많이
걱정했단다."

할머니가 학교에 가지 않은 걸 이미 알고

계셨다니! 심장이 쿵 하고 바닥에 떨어졌다.
왜 아무 말 안 하셨지? 머릿속이 복잡했다.

"그리고 남영이도 네가 걱정되어서 함께
왔어. 사과할 게 있다고 하더구나. 그렇지?
차남영!"

부드러운 말끝에 엄격함이 있었다. 제
이름이 불리자, 남영은 어깨를 움찔거렸다.

"미안해, 배계화."

"엥?"

"신사답지 못하게 네 옷을 제멋대로 들춘
것도, 너 놀린 것도, 그리고……."

우물쭈물하는 남영의 어깨를 선생님이 툭
쳤다.

"친구들이랑 돌 던진 것도 미안해."

당황해서 할머니를 힐끗 보자 할머니는
시선을 피했다. 할머니는 이것도 알고
있었을까. 몰랐으면 좋았을 텐데. 계화는
속상했다.

"자식을 제대로 키우지 못해 정말 미안하다. 선생님이 참으로 면목이 없구나. 어머님, 정말 죄송합니다. 자식 교육 똑바로 시키겠습니다."

남영이는 차영진 선생님의 외동아들이었다. 닮은 거라곤 외모뿐, 선생님의 자상하고 배려 깊은 마음은 전혀 닮지 않았다. 오히려 성격은 딱 그 엄마를 빼닮았다.

남영이 엄마는 이 마을 이장님의 딸인데, 어릴 때부터 잘생기고 착한 선생님을 남편 삼겠다 했고 그 꿈은 이루어졌다나 뭐라나. 어이없다는 듯 웃으며 아빠가 말씀하시면 선생님은 그냥 말없이 웃기만 하셨다.

남영과 선생님의 사과에 계화는 빈말로도 괜찮다는 말은 할 수가 없었고 용서하겠다는 말도 하지 못했다. 입을 닫은 채로 가만히 있는 계화 대신 할머니가 다시는 이런 일이

없게 해달라고 했고 내일부터는 계화를 꼭
학교에 보내겠다고 약속했다.

❖

　다음 날도, 그다음 날도 원수인 콩은
돌무덤으로 찾아왔다.
　"여름아!"
　목소리가 얼마나 우렁찬지 쩌렁쩌렁 산이
울렸다. 한 발짝 더 다가오기만 하면 목을
물어뜯겠다고 생각하자 어떻게 알았는지
적당한 거리에서 멈췄다. 그리고 부산스럽게
가방에 싸 온 무언가를 꺼내어 바닥에 놓았다.
그 앞엔 이미 물 대접과 산딸기, 앵두, 머루
등이 있었다. 먹지도 않는 걸 왜 자꾸 가지고
오는 걸까.
　상한 것들을 다부지게 골라내어 버리고
다시 깨끗한 잎사귀에 열매를 옮겨 담는

모습을 못마땅하게 쳐다봤다. 이리저리 움직이는 팔에 비늘과도 같은 딱지가 보였다. 그걸 보고 뱀 같다고 놀림을 받던 게 떠올랐다. 저게 칼을 문 입으로 잔인하게 난도질을 당할 정도인가? 태생이 뱀인지라 도통 이해가 되지 않았다. 인간은 자신과 조금이라도 다르면 조롱도 서슴지 않는가 보다.

갑자기 강렬한 고통이 일었다. 며칠째 벼락에 찢긴 상처에 시달리고 있었다. 움직이는 것도 힘들 정도였으나 이대로 가만히, 그리고 조용히! 있으면 언젠간 아물 터였다. 눈치도 없는 콩은 재잘재잘 입을 쉬지 않았다.

"여름아, 또 아무것도 안 먹으면 어떡해. 그럼 죽는단 말이야. 살려면 한 입이라도 꾸준히 먹어야지. 왜 그래. 이게 입에 안 맞는 거야? 그럼 내가 쥐라도 잡아 올까?"

옛날에 황소도 한입에 꿀꺽했는데 그
쪼그만 쥐가 간에 기별이라도 갈까. 차라리
그 죄를 알고 제 몸을 제물로 바치면 모를까.
혀를 비죽거리다가 문득 저 콩이 자신을
자꾸 여름이라고 부른다는 걸 깨달았다. 설마
지금 자신에게 이름을 붙인 건가? 그 속내를
알아챈 듯 콩이 말했다.

"자꾸 야, 너라고 부를 수도 없잖아.
여름에 만났으니까 여름이라고 이름을
붙여봤어. 어때, 멋지지?"

멋지기는 개뿔. 무슨 신성한 구렁이한테
남의 집 똥개 이름 지어주듯 제멋대로 부르는
거야?

"반가워, 여름아. 난 배계화야!"

콩은, 아니 계화는 뭐가 그리도 좋은지
활짝 웃었다.

❖

쏴아아. 바람이 불면 기울던 그림자가
파르르 떨렸다. 여름은 고개를 들었다.
바삭거리는 소리에도, 해가 구름에 사라질
때에도.

어쩐 일로 계화가 오지 않았다. 혼자서
와자하게 소란을 떨던 콩만 한 게 없으니
한결 편하다가도 문득 떠올라 이렇게 만물의
움직임에도 시선이 갔다. 저 은사시나무에
다다랐을까, 세 그루의 미루나무가 있는
강가에 이르렀을까.

슥, 스르르. 여름은 움직이기 시작했다.
계화가 두고 간 산딸기를 한입에 꿀꺽하고
은사시나무로, 세 그루의 미루나무로 갔다.
조그마한 발로 타박타박 땅을 박찼던 그 길을
따라 여름은 미끄러지듯이 몸을 움직였다.
멀지 않은 곳에서 계화의 냄새가 났다.

해가 저물어가는 저녁. 산속의 집을 기웃거렸다. 분명 이곳에 계화가 있을 텐데. 그때 부엌에서 나온 노인이 한숨을 내쉬며 방으로 들어갔다. 열린 방문 사이로 누워 있는 계화가 보였다. 여름은 더 가까이 다가갔다. 계화는 훌쩍였다. 또 콩만 한 것들이 괴롭혔을까?

"죽 먹기 싫어."

"아까도 그래서 안 먹었잖아. 먹어야 약 먹지!"

"안 먹어도 돼."

"니가 의사여? 아프다 아프다 곡하지 말고 어여 먹어!"

계화는 칭얼거리며 죽을 먹기 시작했다. 그마저도 얼마 입에 대지 않고 쓰러지듯 누워버렸다. 못마땅함에 노인이 혀를 찼다.

여름도 혀를 날름거렸다. 비늘 같은 딱지들이 계화를 괴롭히고 있구나. 가만히

지켜보던 여름은 오기 전 한입에 삼킨
산딸기를 떠올렸다. 여름은 제 비늘을 하나
빼어 물었다. 얼마 남아 있지 않은 힘으로
요술을 부린다. 미풍에 비늘이 날아가 고개를
돌린 계화의 목덜미에 내려앉았다. 그렇게
여름은 독니 대신 비늘로 산딸기를 받은
은혜를 갚았다.

2

[1979년]

계화는 ㅅ은행에서 퇴근했다. 은행 건물
앞에 선 높다란 플라타너스에서 매미가
그악스럽게 울어댔다. 같이 나온 선배 미선이
계화의 팔에 팔짱 꼈다. 둘은 언제나처럼 읍내
버스 정류장까지 걷기 시작했다.

"아휴, 왜 이렇게 덥다니. 집까지 가는 게
한걱정이다."

"태풍이 온다잖아요. 오늘 밤부터 비 오기 시작한대요."

"그건 그거대로 걱정이다. 비 오지, 땅은 죄다 진흙 밭이지."

그렇게 탄식하던 미선이 대뜸 주위를 둘러봤다.

"오늘은 그 친구 안 왔네?"

"누구요?"

목소리가 한 옥타브 올라간 것으로 보아 무슨 얘기를 할지 빤해서 계화는 짐짓 모른 척했다. 그 모습에 까르르 웃으며 미선이 말했다.

"누구긴. 차남영 말이야. 매일이다시피 와서 통장에 500원씩 넣으며 눈에 쌍심지를 켜고 있잖아. 오늘은 어쩐 일로 못 왔대? 덕분에 보건소 의사 샘만 대신 횡재했지. 그래, 선생님이 언제 만나재?"

계화는 대답 대신 어색하게 웃었다.

국민학교를 졸업하고 여중과 여상을 다녀
차남영과는 최대한 마주치지 않으려고
노력했다. 선동하여 놀리는 아이가 없으니
학교도 제법 다닐 만해졌고 친구들도 생겼다.
물론 오래도록 괴롭게 했던 비늘증이 나은
이유도 있었다. 어찌나 약이 좋아졌는지
진물과 피 흘리던 딱지는 다 사라지고 이제는
옅은 흉터만이 보일 뿐이다.

어쨌거나 상고를 나와 ㅅ은행에
입사하고서 순경이 된 차남영과 마주쳤다.
군대에서 제대했다고 마을 회관에서 잔치했던
게 한 달도 되지 않은 것 같은데. 계화는
당연히 그 잔치에 참여하지 않았기에 남영이
계좌를 개설하러 왔을 땐 참으로 오랜만에
보는 것이었다. 그것도 바로 앞에서 한 시간
같은 몇 분이나. 어린 태는 사라지고 어느새
어른이 된 남영의 모습은 모르는 사람이 볼
때엔 지적이고 늠름한 장군감 그 자체였다.

그게 다 차 선생님 핏줄을 물려받은 덕분이지.
덩치는 본인의 의지였겠지만.

"제대하고 할머님께 인사드리러 너희
집에 갔었어."

남영이 먼저 말을 꺼냈다. 눈만 들어 그를
바라보자 붉어진 뺨을 긁적거렸다. 왜 저래?
계화한테 뺨을 맞았을 때도 저렇게 빨갛지는
않았다. 제 아버지한테 혼나고 사과하러
끌려왔을 때도 이렇게 어색하지는 않았고.

"그때 널 오랜만에 봤는데, 많이 변해서
몰라볼 뻔했어."

"언제? 나는 널 못 봤는데?"

"아, 그때 너 씻고 있어서…… 아, 아니.
세수…… 세수하고 있어서 그냥 돌아갔어."

계화는 얼굴을 와락 찌푸리다가 일하는
중이란 걸 깨닫고 입술만 꾹 다물었다. 다시
침묵이 흘렀다. 재빨리 통장을 만들어주자
다음에 또 보자며 남영은 도망치듯이

사라졌다.

　그로부터 열흘이 넘도록 남영은
매일이다시피 ㅅ은행에 왔다. 일기를 쓰는
것처럼 통장에 일정 금액을 넣는 습관이라고
여겼다. 남의 연애에 관심이 많은 미선 언니가
설레발을 쳤다. 계화는 아니라고 단호하게
말했다. 쟤하고는 어릴 때 같은 반이었고 같은
동네에 살았을 뿐 서로 지독하게 미워하고
싸웠다고.

　"그리고 보건소 선생님은 서울에 애인이
있으시다고요!"

　"정말? 발랑 까진 사람이네. 하여간
남자들이란. 그래도 차 순경 마음은 분명
계화한테 있으니 너무 싫다 싫다 하지 말고
잘 생각해봐. 읍내 유지의 아들에 나랏일 하는
훤칠한 청년이 흔한 건 아니잖아. 결혼하면
뒷바라지 좀 해주고, 너도 마음 편히 공부
좀 더 하고. 살다 보면 사랑으로 모든 것이

다 되진 않더라. 영원한 건 없어. 날 봐.
농사꾼 남편을 만나 평생 사랑으로 충만할 것
같았지만, 손에 풀물이 마를 새가 없잖아."

　　농로를 달리는 버스가 덜컹거릴 때마다
흙먼지가 피어올랐다. 자리에 앉아 지나가는
짙은 초록색 논과 그 너머 산을 멍하니
바라봤다. 미선 언니 말을 곱씹었다. 차남영이
자신을 좋아하는 게 진짜라고 해도 계화는
그에게 마음 한 톨도 없었다. 어린 시절
자신의 마음을 양심의 가책도 느끼지 않고
짓뭉개던 아이였다. 그 본성은 변하지 않을
테고. 코웃음이 났다. 만약 비늘증이 낫지
않고 계속 그 상태였다면, 차남영이 과연
수줍어하며 좋아라 했을까?
　　구룡리 입구에서 버스가 멈췄다. 한여름의
날씨는 급변하여 쨍하던 하늘은 어느새
잔뜩 찌푸린 채 비를 쏟고 있었다. 버스에서

내린 계화는 지붕이 있는 버스 정류장으로 뛰어들었다. 빗발이 어찌나 굵은지 잠시에도 머리카락과 옷이 젖었다. 물기를 털어내다가 긴 의자 위에 놓인 우산을 발견했다. 급하게 버스를 타려던 누군가가 두고 간 것일까. 그런데 그 우산이 낯익다. 파란색의 긴 우산, 손잡이에 달린 이름표가 달랑거렸다. 설마 하며 보니, 배계화, 분명 자신의 이름이었다. 주위를 보았다. 내리는 비에 희뿌연 논밭과 당산나무뿐, 아무도 없었다. 할머니가 데리러 왔다가 급히 가셨나? 우산을 두고? 계화는 고개를 갸웃거리다가 좋은 게 좋은 거라고 우산을 펼쳤다.

"나만 노났네."

❖

저녁부터 내린 비는 아침이 되어서 겨우

멈췄다. 할머니는 또 비가 내릴 것이라며
출근을 만류했다.

"할머니, 직장은 학교가 아니야.
무단결근하면 잘린다고. 비 많이 오면 마을
회관에서 자고 올게요. 걱정 마셔."

혹시나 해서 여분의 옷과 속옷이며
스타킹을 비닐봉지에 꽁꽁 쌌다. 묵직한
가방을 어깨에 메고 계화는 집을 나섰다. 한
손엔 우산을 들고 진창이 된 길을 조심히
걸었다. 쓱쓱. 파삭. 수풀을 밟는 소리와
나뭇가지가 꺾이는 소리에 계화는 멈춰서
산속을 봤다. 무언가가 따라오는 느낌이
들었다. 멧돼지? 고라니? 잠시 살피던 계화는
다시 걸음을 옮겼다.

계화는 마을로 가는 다리 앞에서 다시
멈췄다. 산을 휘도는 강은 내린 비에 불어서
나무로 엮은 다리 위를 넘실거렸다. 누런
흙탕물이 평소보다 빠르게 흘렀으나, 별로

대수롭지 않았다. 평생을 낮과 밤, 비가 오나,
눈이 오나, 이 다리를 건너다녔다. 계화는
구두를 벗고 맨발로 다리 위에 발을 디뎠다.
자꾸 미끄러지는 발에 잔뜩 힘을 주고 천천히
발을 옮겼다. 발등을 휩쓰는 물살이 제법
셌다. 한 걸음 한 걸음 얼마나 집중했을까.

바스락 소리에 쳐다본 건너편, 온몸에
한기가 돌았다. 수풀 속에서 이쪽을 바라보고
있는 얼굴, 이승의 얼굴이 아니었다. 퀭한
눈과 푸르다 못해 거무죽죽한 입술은
귀밑까지 뜯겨져 나갔다. 그 사이로 붉게
흘러내리는 것은 분명 시뻘건 피였다. 본 적도
없는 창백한 얼굴이 자신을 노려보며 웃는
소리에 삐끗 발이 미끄러졌다.

계화는 강에 빠졌다. 팔을 버르적거리며
물 밖으로 고개를 내밀었다. 먹잇감을 낚아챈
듯한 얼음같이 차디찬 웃음소리가 몸을
붙들었다. "이히히히." 계화를 비웃는 여자의

날카로운 웃음소리가 들렸다가 다시금
먹먹해졌다. 빠른 유속에 몸이 제멋대로
움직였다. 다시 몸은 물속으로 딸려 들어갔고
점점 깊게 가라앉았다.

　그때 뭔가가 허리를 감아올렸다. 몸이
물을 거슬러 올라가 어딘가에 안착했다.
가물거리는 정신에도 누군가가 인공호흡
하는 게 느껴졌다. 숨통이 트이며 삼켰던 물을
토하던 것도. 시야가 어둡다가 밝아졌다. 한
남자의 얼굴이 흐릿하게 보이다가 사라지고,
차가운 손길이 얼굴을 쓰다듬거나 등을
두드렸다. 먹먹한 귀에 뭉개지는 목소리가
들리더니 이내 남자의 모습은 사라지고
산속으로 사라지는 커다란 구렁이가 보이는
것 같았다.

　"계화야! 괜찮아? 정신 좀 차려봐!"
　흐릿하고 뭉개지던 것들이 한순간에
선명해졌다. 숨을 몰아쉬던 계화는 자신을

내려다보는 차남영을 보았다. 시선을 돌려
우거진 수풀 속을 바라봤다.

　"야, 너 괜찮은 거야? 네가 올 시간인데도
오지 않아 걱정되어 왔더니. 이게 무슨
일이야. 계집애가 겁도 없이 강이 불었는데
그걸 건너려고 한 거야?"

　"여자 귀신이, 그리고 구렁이가……."

　"구렁이?"

　계화는 아직도 얼떨떨했고 추위 때문에
몸을 덜덜 떨었다. 남영은 제복 셔츠를 벗어
계화의 어깨에 둘러주었다.

　"아니…… 나 물에 빠져서……. 네가 날
구해준 거야?"

　두서없는 질문에 남영은 계화의 어깨에
두른 제복 셔츠를 꽉 쥐었다.

❖

　"야, 차남영. 순경 일은 할 만하냐?"

　남영은 오랜만에 만난 친구들과 터미널 근처에서 술을 마셨다. 한창 일을 배울 때라 그 질문에 이렇다 저렇다 할 말이 없었다.

　"정신없지, 뭐."

　대충 얼버무리며 술잔을 부딪쳤다. 옆에 앉은 친구가 남영의 어깨를 두드렸다.

　"남자 중의 남자! 정의 하면 차남영 아니겠냐? 넌 잘해낼 거야."

　"근데 너 요즘에 ㅅ은행에 매일 간다며? 우리 엄마가 잔돈 바꾸러 갈 때마다 널 본다더라."

　"아아, 돈 넣으러 간 거지."

　잠깐씩 시간 내어 가는 건데 그걸 봤다니 참 좁은 동네였다. 남영은 그마저도 대충 둘러댔다.

"계화 보러 간 건 아니고?"

"아 배계화! 걔 요즘 청하시에서 예쁘다고
소문나서 장난 아니더라. 우리 사수도 나한테
동창 아니었냐며 소개해달라고 하더라고.
뭐야 차남영? 너도 계화한테 관심 있어?"

남영의 옆에 앉은 친구가 알은체했다.
맥주잔에 입을 대던 남영은 피식 웃었다.

"내가? 아까도 말했다시피 돈 넣으러 간
거라니까."

물론 그때마다 계화를 봤다. 기왕이면
아는 사람이 돈 관리해주면 좋으니 그 앞에
선 거고, 바빠죽겠는데 친구의 사수처럼
계화에게 치근덕거리는 놈들이 있어서
치워냈을 뿐이고. 배계화가 예쁘다고
소문났다고? 허 참.

남영은 제대한 뒤 며칠 후에 아버지가
시켜서 어쩔 수 없이 할머님께 인사하러
계화네에 갔었다. 어릴 때 아버지한테 혼나고

사과하러 끌려갔던 날 이후 처음이었다.
부끄러웠던 기억에 괜히 불편해하며 그
집으로 들어섰다. 거기에 계화가 있었다.

　계화는 우물 앞에서 세수하는 중이었다.
오후의 금빛 햇살에 튀어 오르는 물방울.
걷어 올린 소매와 드러난 목덜미는 반짝반짝
빛이 나 눈부시고. 남영의 시선은 살결을 타고
흐르는 투명한 물을 따라 움직였다. 계화의
하얀 셔츠가 젖어들었다. 살결을 만져보고
싶은 생각에 손가락이 움찔거렸다.

　곧 정신 차리고 도망쳤지만, 강렬한
기억은 시도 때도 없이 눈앞에 펼쳐졌다.
심지어 일할 때도 계화 생각에 사로잡혀
집중하지 못한다고 선배한테 혼쭐이 나기도
했다. 자신도 정신을 차리고 싶었다. 왜 자꾸
그때가 기억이 나는지 모를 일이었다. 혹시
계화의 다른 모습을 보면 지워질까. 그래서
통장을 만든다는 핑계로 마주 앉았다. 그러나

오히려 기억은 선명해지고, 기억이 덧씌운
은은한 광채에 눈이 멀 것만 같았다.

남영은 다시금 갈증이 일어 맥주를
꿀꺽꿀꺽 마셨다.

"그래, 아니라니 다행이지."

맞은편에서 먼저 말을 꺼냈던 친구가
피식 웃었다. 멈칫. 남영은 그를 쳐다봤다.
황홀한 환상 속을 헤매다가 강제로 붙들려
어두운 현실로 끌어내려진 것 같았다. 매캐한
담배 연기가 가득 찬 불쾌한 이곳으로.

"다행이라니, 왜?"

"왜긴. 배계화가 영화배우 정윤희보다
예쁘긴 하지만, 그 피부가…… 좀 그렇지
않아? 겉으로는 나았을지 몰라도 몸은 어떨지
모르잖아. 얼굴만 보고 사나? 결혼하면 몸도
부대껴야 하는데. 그게 닿는다면…… 난 좀
싫을 것 같아."

"……"

몸까지 부르르 떨며 질색하는 친구를 남영은 가만히 쳐다봤다. 별다른 호응도 없이 가느스름한 눈으로 쳐다보니 친구가 물었다.

"왜 그렇게 쳐다봐?"

"네 생각이 더러워서 그런다, 새끼야!"

버럭 소리치며 남영은 눈앞의 친구에게 달려들었다. 주먹을 휘두르자, 비명이 들렸다.

"남영아!"

다른 친구들이 날뛰는 남영을 붙들었다.

"야! 너 미쳤어?"

"니 새끼가 뭔데 더럽게 계화랑 살을 맞대?"

"뭐? 누가 맞댔대? 그냥 생각을……."

"생각도 하지 마, 새끼야!"

남영이 다시 달려들었다. 그의 팔과 허리를 붙들었던 친구들이 딸려갔다. 몇 걸음 뒤로 물러난 친구가 입가에 흐르는 피를 닦아내고는 입술을 삐죽거렸다.

"너 뭐야? 정말 계화 좋아하는 거야?
웃기시네. 정신 차려. 어릴 때 그렇게
괴롭혀놓고 계화가 잘도 너를 좋아하겠다.
너는 미쳤을지 몰라도 똑 부러지는 계화는
너를 미워하다 못해 증오할걸? 죽었다
깨어나도 너는 안 된다는 말이야!"

"이 새끼가, 계속……."

"너 그만 말해! 남영아 참아."

❖

죽었다 깨어나도 너는 안 된다는 말이야!
쏴아아. 다음 날, 세찬 강물이 흐르는
소리에도 친구가 내뱉은 말은 바로 앞에서
말한 것처럼 다시금 선명하게 들렸다. 남영은
자신을 올려다보는 계화의 맑은 두 눈을 마주
보았다. 물에 빠져 죽을 뻔했던 충격에선지,
엄습하는 한기 때문인지 그녀는 떨고 있었다.

네가 날 구했어?

계화의 질문에 남영은 머뭇거렸다.
그녀에게 둘러준, 새벽에 어머니가 빳빳하게
다림질한 셔츠가 손안에서 바스락거렸다.
환상에서가 아닌, 진짜 계화를 소유하고
싶었다.

"그래. 나 아니었음, 너 인마, 죽었어!"

그것이 거짓을 말할지라도.

3

태풍이 지나가고 언제 비가 왔었냐는 듯
무더위가 시작되었다. 언제나처럼 오늘도
차남영이 왔다. 물에 빠졌던 날 이후로 남영은
오전에 계화가 일하는 은행에 왔고, 오후에는
퇴근하는 계화를 문 앞에서 기다렸다. 함께
나서던 미선 언니가 음흉한 미소를 지으며
내일을 기약하고 먼저 가버렸다. 그 웃음의

뜻을 모를 수가 없었다.

"너는 바쁘지도 않니?"

"안 그래도 바빠. 야근이 있거든."

"근데 왜 여기에 있어?"

남영은 슬쩍 주위를 둘러봤다. 지나가는 사람들이 힐끗거리며 이쪽을 바라본다.

"배고픈데 저녁밥이나 같이 먹자."

계화도 흥미롭게 이쪽을 쳐다보는 시선들을 느꼈다. 요즘 고객마다 차남영과 사귀는지를 물었다. 잘못 아신 거라고, 아무 사이도 아니라고 정정해줘도 올가을에 터미널 예식장에서 식을 올린다는 얘길 들었다고 하니 미치고 팔짝 뛸 일이다. 대체 그런 허무맹랑한 소문은 누가 내는 것이며, 눈앞의 차남영은 왜 그걸 즐기는 것인가.

계화는 황급히 걸음을 옮겼다. 느긋하게 쫓아오는 남영의 기척이 느껴졌다. 인적 없는 골목에 들어선 계화는 그를 노려봤다.

"너 요즘 왜 그러는 거야? 사람들이 오해하는 거 모르겠어?"

"오해라니?"

"너는 일 때문이나 옛날처럼 또 나 놀리려고 이렇게 오는 거라지만, 이거 꽤 심각한 거라고!"

"그러니까, 뭐가?"

"너랑 나랑 결혼 전제로 사귄다는! ……소문 말이야!"

버럭 소리를 지르다가 누군가가 들을까 봐 목소리를 낮추는 계화의 모습에 남영은 피식 웃었다.

"그러니까 너랑 나랑 결혼 전제로 사귄다는 소문이 돌고 있다는 말이지? 그럼, 사실로 만들면 되잖아. 뭐가 그리 걱정이야?"

"뭐라고?"

아무렇지도 않게 말하는 남영의 말에 계화는 어이가 없었다.

"사귀자. 나 그러려고 맨날 너 보러 간 거야. 좋아해, 배계화."

"……미쳤니?"

"너도 어느 정도 짐작은 했을 거 아니야?"

남영의 말처럼 설마는 했지만, 진짜라면 더는 할 말이 없었다. 계화는 단호하게 말했다.

"나는 아니니까 싫어. 너 이러는 거 부담돼. 일 보러 오는 건 상관없지만 이렇게 밥 먹자는 둥, 집에 같이 가자는 둥, 찾아오지 마."

가방끈을 잡고 돌아서는 계화를 남영은 황급히 붙들었다.

그동안 남영은 계화가 자신에게 가진 반감을 중화시키려고 애썼다. 매일매일 만나 친근하게 굴어 경계심을 허물었고, 배려심 있게 행동해 더는 어릴 때의 자신이 아니라는 인식을 심어줬다. 그러다가 주위 사람들이

소문의 진위를 물으면 열심히 노력하고
있다고 대답했다.

아아 역시 그렇구나. 힘내!

계화가 자신을 싫어한다는 것은
예상했지만, 이 정도일 줄은 몰랐다. 너무도
가차 없이, 단호하게.

이기죽거리는 친구의 목소리가 들렸다.

죽었다 깨어나도 너는 안 된다는 말이야!

"아니, 왜 내가 싫은데?"

"어릴 때 네가 나한테 한 짓이 기억 안
나니? 하긴 돌 맞은 개구리만 기억하는
거라고, 넌 하나도 모르니 이러는 거겠지."

"그건…… 그때 내가 미안하다고
사과했잖아!"

"그 마음에도 없는 소리가 정말 사과였니?
선생님만 아니었으면 할 생각도 없는
말이었잖아. 너는 어린 시절에 저지른 별일도
아닌 일이라고 하겠지만, 그때 나에겐 죽을

만큼 괴로운 일이었어! 여전히 나는 잊지
않았고 앞으로도 잊지 않겠지. 그런데 어떻게
널 좋아하겠니?"

그 말은 평생 너를 좋아하지 않겠다는
선언과도 같았다. 충격을 받은 남영은
냉정하게 돌아서는 계화를 붙잡을 수가
없었다.

❖

어느새 어둑한 밤이 되었다. 터미널
대합실에서 멍하니 있다가 정신을 차리고
보니 버스를 두 대나 놓쳤다. 계화는 허둥지둥
막차를 탔다. 버스에 타고서도 남영과의 일을
떠올렸다. 그리고 후회했다. 남영이에게 좋게
거절할걸. 괜히 옛 생각에 화가 나서 모진
말로 상처를 준 것 같아 찜찜했다. 그래도
구해준 은혜가 있는데.

마을 입구에 도착해 버스에서 내리며 계화는 한숨을 내쉬었다. 버스가 저편으로 사라지자, 밤 벌레의 울음이 사위를 채웠다. 멀리 당산나무 근처 가로등 불빛을 향해 컴컴한 길을 걸었다. 밤하늘에 별이 무수하게 빛났다. 그 별을 헤아리며 당산나무에 이르렀다. 마을과 집으로 가는 갈림길이 나왔다.

계화는 불빛 한 점 없는 길로 걸음을 옮겼다. 발목을 스치는 수풀에서 밤이슬이 묻어났다. 평소 야근할 때는 손전등을 챙겼었지만, 오늘은 계획된 일이 아니었기에 밤길을 달빛에 의지해 걸었다.

어린 시절 밤마다 할머니가 얘기하던 귀신의 존재를 믿는 건 아니지만, 그렇다고 어둠이 무섭지 않은 것은 아니다. 머리에서는 입이 귀밑까지 찢어져 시뻘건 피를 흘리던, 도무지 이승의 사람이라고는 생각할 수 없는 여인의 모습이 떠나지를 않았다. 아니, 오히려 시간이 갈수록 더욱 생생해지고 있었다.

"안 돼! 생각하지 마!"

가방을 끌어안고 걷던 계화는 고개를 흔들어 그것들을 떨쳐냈다. 그때 산속 저편에서 불빛이 나타났다. 눈을 깜박여도 불빛은 사라지지 않고 가까이 다가오다 멈췄다.

"할머니?"

말도 없이 늦게 오는 손녀가 걱정된 할머니가 마중 나오는 걸까. 반가운 기색으로 할머니를 부르자 불빛이 그 자리에서 멈췄다. 계화는 발밑을 조심하며 빠르게 걸었다. 그러나 그곳엔 왜소한 할머니가 아닌 키가 훤칠하게 큰 남자가 손전등을 든 채 산길에 있었다. 처음 보는 남자다.

계화는 멈춰 섰다. 등 뒤에 소름이 돋았다. 허연 얼굴에 셔츠와 청바지 차림의…….

"귀신?"

주춤주춤 뒷걸음질하며 중얼거렸다.

"귀신은 아닙니다만."

"근데 왜 여기서 그러고 있어요?"

"산책을 나왔다가 집으로 가는
길입니다만."

남자는 여상히 대답하며 돌아서서 걷기
시작했다. 자신에게 관심 따윈 없어 보이는
모습 같아 조금 마음이 놓였다. 계화는
머뭇거리다가 대여섯 걸음을 두고 그 뒤를
따라갔다. 여차하면 도망칠 수 있도록. 남자는
말없이 손전등으로 발밑을 비췄다. 수풀
속에 숨은 돌부리가 선명하게 보였다. 어두운
산속을 밝히는 한 줄기의 빛에 일단 마음이
놓였다가 이내 다시 계화는 남자를 경계했다.

"저기요. 마을은 반대편인데 왜 그쪽으로
가요? 거긴 우리 집밖에 없는데!"

남자가 천천히 돌아섰다. 눈알을

굴려 계화를 본다. 불빛 때문에 그의

행동 하나하나가 어색해 보였다. 역시 이

남자는…….

"귀신은 아닙니다만. 그리고 이 길이

맞습니다."

남자는 다시 앞장서기 시작했다. 그렇게

우기니 하는 수 없이 그 뒤를 따라갔다.

남자라고는 하나 깡마른 데다 비실거리기까지

하니, 충분히 제힘으로 제압할 수 있을 것

같았다. 그렇게 계화는 가방을 쥔 손에 힘을

잔뜩 줬다.

몇 발짝 앞서서 나무 다리를 건너던

남자가 돌아서서 불빛을 비춰주었다.

"미끄러우니 조심."

계화가 무사히 다리를 건너자 남자는

옅은 한숨을 쉬었다. 계화가 그를 쳐다보았다.

"요즘 그 소문 들었습니까?"

움찔. 뜬금없는 남자의 질문에 계화는

눈살을 찌푸렸다. 그놈의 소문. 이 남자도
자신과 남영이 엮인 그 소문을 말하려는
걸까? 아니, 전혀 상관도 없는 사람이? 하긴
소문을 입에 올리는 사람 중 상관이 있는
사람이 얼마나 될까?

"근처에 머리 없는 귀신이 나타난다고
합니다."

여러모로 심란해서 아무 말도 못 하고
있는데 한다는 말이 너무…….

"말도 안 되잖아요!"

일부러 무섭게 하려고 꺼낸 얘기라면
실패했다고 비아냥거리고 싶었다. 그래도
예상했던 그 소문이 아니라서 다행이라고
생각해야 하나? 남자는 아무 표정도 없이
가만히 있더니 한마디 했다.

"그래도 조심하는 게 좋을 것 같습니다."

'농담이 아니었어?'

남자가 너무도 진지한 모습이라

당황스러웠다. 그래서 두서없이 말했다.

"걱정하지 마세요. 제가 힘이 세서 그것이 나타나면 이 주먹으로 때려눕히겠어요!"

남자는 허공에 들어 보이는 계화의 주먹을 물끄러미 보고는 훗 하고 웃었다. 그 허연 얼굴에 대비되는 붉은 입술이 한쪽으로 올라가는 걸 보지 않았다면 비웃는다고 생각도 못 할 정도로 찰나였다.

"……지금, 비웃었……?"

"그럼 조심히 들어가십시오."

남자가 고개를 숙였다. 언제 다 왔는지 집 앞이었다.

"아니, 여보세요!"

"계화니?"

방에서 할머니가 나왔다. 할머니는 저편으로 사라지는 남자를 바라봤다. 구시렁거리며 마당을 가로지르던 계화는 할머니에게 물었다.

"저 남자가 저기 위에 집이 있다는데 할머니 알아?"

"몇 달 전부터 산 너머 쪽 도로로 인부들이 오가며 별장을 짓는다고 하더니 그 주인인가 보네. 이장이 그러는데 몸이 약해 요양차 오는 거라고 하더라."

"그래?"

거기까지 갈 일이 없었으니 알 턱이 있나. 그래도.

"정말 귀신은 아니네."

한동안 차남영은 은행에도, 퇴근 시간에도 보이지 않았다. 모질게 거절해서 미안한 감도 있었으나 그래도 제대로 알아들은 듯하여 다행이라는 생각도 들었다. 이제 소문만 사라지면 더할 나위가 없을 터였다.

후련한 마음으로 퇴근 후 버스에서 내린 계화는 흩어지는 흙먼지 속에 버티고 선 남영과 마주쳤다. 쉬는 날인지 남영은 사복 차림이었는데, 금빛 오후의 햇살로 반짝이는 논과 밭을 등진 그는 꽤 푸석한 몰골이었다.

"너 꼴이 왜 그래? 며칠 잠 못 잔 것처럼."

"알아주니 다행이네. 그래, 나 그동안 잠 못 잤다. 내가 너랑 그때 그렇게 헤어지고 밥도 안 넘어가고, 잠도 못 자겠고⋯⋯. 야! 얘기 안 듣고 어디 가?"

남영은 허리에 손을 올리고 버럭버럭 소리치다가 시큰둥한 표정으로 돌아서는 계화를 뒤쫓았다.

"그게 왜 나 때문이야? 네 성격이 이상한 거지."

"내 성격이 문제가 아니라. 나는 널 너무 좋아하는데 넌 날 싫어하고, 계속 싫어할 거라니까 어떻게 하면 네가 날 좋아하려나 싶고. 생각하고 생각하다 보니까 어? 잠도 안 오고 답은 없고."

"왜 답이 없어? 포기하면 그만이지."

당산나무로 향하는 계화의 뒤를 종종거리며 쫓던 남영은 대수롭지 않다는 그 말이 너무 억울했다.

"그게 그렇게 쉬운 줄 알아? 나도, '나쁜 계집애, 나도 흥이다!' 하고 계속 널 좋아하지 않으려고 했단 말이야. 하지만 한번 자리 잡은 마음은 접으려 할수록 점점 커져만 가는데 어떻게 하라구……."

"그만! 어떻게 그런 말을 잘도 술술…… 남부끄럽지도 않니?"

"너를 향한 내 마음인데 내가 부끄러우면 안 되지!"

"그래서! 여기까지 쫓아와서 할 말이 뭔데?"

어느새 당산나무 앞까지 온 그들이었다.

계속 두면 남영이 집까지 쫓아올 것 같아
계화는 얼른 얘기를 마무리 지으려 했다.

"그러니까아, 계화야. 나 좀 좋아해주라아.
계속 싫어하지 말구. 한 번만, 이번만큼은 딱
한 번마안 내 맘 좀 받아줘. 내가 다시는 네가
속상해할 만한 짓 절대 안 할게. 응? 나 너
아니면 안 돼애."

남영은 떼를 쓰기 시작했다. 계화는
질색했다.

"이런다고 내 마음이 변할 거 같아? 떼는
너희 엄마한테나 먹히는 거고. 아니 너 대체
지금 나이가 몇인데."

"아 몰라. 나 진짜 어떻게 해야 할지
모르겠단 말이야. 진짜 울고도 싶어."

"그랬단 봐! 버리고 갈 테니까!"

"그러니까아, 계화야아!"

남영은 계화가 진짜 도망갈까 봐
가방끈을 붙들었다. 남자로서의 알량한

자존심 따위는 다 버렸다. 이렇게 해서라도 계화가 제발 마음을 바꿔주기만을 바랄 뿐이다. 그래, 거짓말도 했었잖아!

"너, 그때 물에 빠졌던 날! 나 아니었으면 저승 차사님을 만났거나 아니면 물귀신이 되었을지도 모른다구! 생명의 은인한테 너무 모진 거 아니야?"

"얼마면 돼?"

"뭐?"

"네가 어떻게 굴든 나는 너 싫어할 거니까, 그 은혜는 돈으로 갚을게. 그러니까 얼마면 돼?"

이렇게까지 매달리는데 한 치의 흔들림도 없이 너무도 매정한 말을 아무렇지도 않게 하는 계화가 미웠다. 이 나쁜 계집애. 말 참 한겨울의 서릿발처럼 매섭게 하네. 남영은 울컥 화가 치밀었다.

"니가 지금 나를 무시하는데, 널 물에서

꺼내고 내가, 어? 널 살리겠다고, 어? 숨을
넣는다고 입술을, 어? 이거 소문나면 너
혼삿길 막히는 거야!"

버럭버럭 소리치면서도 그 상상에 얼굴이
붉어지고 마는 것이었다. 남영의 말에 계화가
이맛살을 찌푸리며 그의 말을 정정했다.

"그걸 인공호흡이라고 하는 거야. 사람이
숨이 멎으면 당연히 하는 거라고. 쓸데없이
부끄러워하지 좀 마! 그리고 내 혼삿길 네가
정하지도 말고. 이 멍청아!"

"이 나쁜 계집애야! 너 진짜 너무한
거⋯⋯."

컹컹!

"잠깐 조용히 해봐. 어디서 개 짖는
소리가⋯⋯."

"이제 내 말도 개소리로 여기겠다고?"

계화는 목소리를 높이는 남영의 입을
틀어막았다. 컹컹. 잠시 조용히 있으니

다시금 개 짖는 소리가 산에서 들려왔다. 두 사람의 시선이 그곳으로 향했다. 노을 지는 햇살이 채 닿지 않는 산속에서 수풀이 바람에 바스락거릴 때, 갑자기 그 안에서 사람이 튀어나왔다. 놀란 남영이 계화의 뒤로 숨었다.

"으아아악!"

땀에 젖은 머리카락과 사색이 된 얼굴. 남자는 무엇에 쫓기는지 연방 뒤를 돌아봤다. 곧 뒤를 이어 검은 덩어리들이 튀어나왔다. 너무도 빨라 그것의 존재를 순간 알아차리지 못했다. 계화는 사내의 황망한 시선과 마주쳤다. 산속 별장의 남자다. 몸이 약해서 요양차 왔다던. 그가 손을 흔들었다. 그리고 손을 흔들며 외쳤다.

"계화야! 도망, 도망가!"

남자가 자신의 이름을 알고 있다는 사실에 놀란 계화의 입이 살짝 벌어졌다. 그때 그를 쫓고 있는 것들이 보였다. 들개다.

계화는 입술을 꽉 다물었다.

계화는 길가에 있는 돌멩이 두 개를 양손에 하나씩 쥐었다. 그리고 있는 힘껏 던졌다. 쌩 소리를 내며 돌멩이가 남자의 얼굴을 스쳐 뒤쫓는 개를 비껴갔다. 그러나 이어 던진 돌이 한 마리를 맞혔다. 깽! 돌에 맞은 개가 그 자리에서 주춤거렸다. 그에 멈추지 않은 계화는 당산나무 근처에 놓인 싸리비를 붙들었다.

"이놈의 똥개들이 사람을 공격해?"

계화가 싸리비를 휘두르며 달려들자 개들이 급히 멈췄다. 머리 위로 치켜든 싸리비에 몇 곱절이나 큰 적이란 걸 인지했는지 꼬리를 말았다.

"썩 꺼지지 못해?"

계화가 발을 구르자 개들이 주춤거렸다. 두 눈을 부릅뜬 계화가 다시 몇 발자국 달려나가자 그제야 도망치기 시작했다. 그

앞에서 숨을 헐떡거리는 남자가 계화를
바라봤다.

"괜찮아요? 금방 숨이 넘어갈 것 같은데,
심장! 심장은 괜찮아요?"

싸리비를 든 채로 계화는 남자를 살폈다.
남자는 꽤 놀랐는지 입을 벙긋거렸다.

"심장? 내 심장? 심장이 어딨더라……"

"야! 배계화! 너 미쳤어? 도망갈 생각을
해야지 빗자루 들고 뭐 하는 거야? 진짜로
저놈들이 달려들면 어떻게 하려고……"

"안 달려들었잖아. 너야말로 도망치지
않고 왜 남아서 소리를 지르고 그래. 이거나
받아. 저기요. 몸도 안 좋다면서 또 산책 나온
거예요? 많이 놀라셨죠? 많이 창백하신데,
제가 모셔다드릴게요."

상황이 끝난 뒤 뒤늦게 다가온 남영에게
싸리비를 억지로 안긴 계화는 남자의 팔을
부축했다. 남영은 갑자기 나타난 남자를

경계했다. 계화는 아는 사람인 듯 그를
대했다. 걱정 어린 말을 하며 스스럼없이
남자의 팔을 붙들자 좋게 생각되지도 않았고.

"야, 얘기 아직 안 끝났잖아."

"지금 그게 문제니? 사람이 놀라서
당장이라도 쓰러질 것 같잖아!"

계화가 남영에게 쏘아붙이자 팔이 붙들린
남자가 움찔거렸다.

"아니, 난, 괜…… 아얏……."

그가 중얼거리며 무어라 얘기를 하려고
입술을 달싹거리자 계화가 더욱 힘껏 팔을
옥죄었다.

"그렇다면 내가 부축할게."

"괜찮아. 내가 가면 돼. 너희 엄마한테
듣지 못했니? 우리 집 지나 더 가면 별장이
있는데 거기 사시니까 내가 데려다주는 게
맞지!"

남영은 그제야 '산속에다 별장을

짓는다더라' '그 주인이 서울 모 기업의
사장이라더라' '그 아들이 몸이 약해서 잠시
왔다더라' 등등 엄마가 말한 게 떠올랐다.
그때와 마찬가지로 관심 없고! 남영은 계화와
하던 얘기를 마무리 짓고 싶었다. 제발 자신을
좋아해달라는 고백에 확신의 답을 얻고
싶었다. 그러나 낯선 이방인이 있는 자리에서
더는 자존심을 버리고 싶지는 않았다. 게다가
계화 또한 저리 단호하게 구니 남영은 하는 수
없이 다음을 기약하고 뒤로 물러났다.

한바탕 바람이 인 나무 그늘 밑에서
사람이라고는 생각되지 않는 서늘한 얼굴이
남영을 쏘아보고 있다. 뒷걸음치는 모습을
한심한 듯 노려보다 돌아서는 여자를 좇아
개들이 산길을 달려나갔다.

❖

남자를 부축한 채 얼마나 산길을
걸었을까. 이른 밤 벌레만이 우는 곳에서
두 사람은 한참 말이 없었다. 침묵이 어색한
계화는 무어라 얘기를 해야 할지 고르고
골랐다.

"저기, 쫓아오지 않는 것 같습니다만."

"네? 아, 네!"

먼저 입을 연 남자의 말에 계화는 황급히
그의 팔을 놓았다. 남영에게서 도망칠 구실로
삼은 것이라 남자가 팔을 주무르고 위아래로
움직이는 걸 미안한 마음으로 바라봤다.

"그렇게 미안하실 건 없습니다. 도움이
되어 이 팔도 기쁠 테니까요. 다만 피가
안 통했다가 통하는 느낌은 썩 기분이,
저릿저릿하고 짜릿짜릿하달까?"

고개를 갸웃거리며 하는 남자의 말이

빈정대는 것처럼 들렸다. 계화는 괜히 입술을
삐죽였다.

"제가 들개에게서 구해준 건 생각이 안
나시나 보네요."

목소리에 가시가 있었다. 그래서 말을
하자마자 계화는 바로 후회했다. 굳이
생색내고자 한 일은 아니었다. 이성보다
몸이 먼저 반응했고 자신한테 그런 의협심이
있다니 조금 놀랍기도 했다. 그냥 이 남자한테
뾰족하게 구는 건 제 감정을 강요하는
남영에게 지쳤기 때문이다.

그렇게 무작정 제 마음만 강요한다고
해서 다 이뤄질 거라는 착각은 어디서 나오는
자신감일까. 계화는 그 질문에 남영의 엄마
황 여사를 떠올렸다. 그녀의 아들에겐 세상에
장애물 따윈 없는 것처럼 모든 걸 해주었을
테니까. 그렇다고 이 사람에게 풀 감정은
아닌데 괜히 미안한 감정이 들었다.

"당연히 생각납니다. 고마웠습니다만, 다음엔 제발 맞서려 하지 마시고 도망치시면 더 고마울 것 같습니다."

그러나 이 남자 말을 참 얄밉게도 했다.

"뭐라고요? 기껏 도와줬더니, 왜 그렇게 말하세요?"

계화가 그를 노려보자 남자는 동그랗게 뜬 눈을 감았다 떴다. 계화가 왜 화를 내는지 모르는 눈치다. 그는 고개를 갸웃거리며 입을 열었다.

"그야 저를 구해주는 것보다 위험에서 도망치는 상황이 더 고마우니까요?"

"네?"

"다치면 어쩔 뻔했습니까? 그놈들 독한 놈들입니다. 집에서부터 쫓아왔다고요. 제가 그동안 산책으로 체력 단련을 하지 않았다면 중간에 씹혔겠죠. 그래서 놈들이 힘이 빠진 상태서 그쪽을 보고 도망갔을지언정, 정말

위험했습니다. 이빨이 얼마나 날카롭고
단단한 놈들인데 그 앞에 뛰어들고. 제가 아직
힘이 다 돌아온 게 아니라서 놈들이 도망가지
않았다면 여차할 기회도 없이 그쪽의 목숨을
장담할 수 없었을 뻔했습니다. 그 생각하면
오히려 그것 때문에 심장이 온전치 않은 것
같기도 하고. 잠깐 시선을 돌려도 위험천만한
일을 하는데 눈을 똑바로 떠도 위험천만한
일을 하니, 그쪽은 자중할 필요가 있습니다!"

　　남자는 빠르게 말을 내뱉었다. 가만히
듣다 보니 기분이 그렇게 나쁘지도 않았다.
심지어 자기반성까지 되는 것이다. 그래,
내가 좀 위험하게 굴긴 했어! 저 남자의 말은
그냥 할머니의 잔소리 같은? 요약하자면
걱정했다는 말 아니야?

　　"그런데 왜 자꾸 그쪽이라고 해요? 아까는
이름 부르더니?"

　　"제가 언제……."

남자는 또 눈을 동그랗게 뜨더니 천천히
깜박였다. 그리고 손으로 입을 가렸다. 그때의
기억이 난 눈치다.

"말도 놓더니?"

"그건 급박한 상황이다 보니."

"나이가 어떻게 되길래요?"

"그쪽보단 많을 겁니다만?"

"제 이름은 어떻게 알았어요?"

"그쪽 할머님께서 그리 부르셔서."

"그쪽 이름은 뭔데요?"

"여름……."

합! 휘몰아치는 계화의 질문에 정신없이
대꾸하던 그가 입을 다시 틀어막았다. 이름에
무슨 금칠 했다고 말하지 말아야 할 걸 들킨
것처럼 얼굴까지 시뻘게졌다.

"……이름이 여름이에요? 신기하네요."

계화의 말에 여름은 입을 가렸던 손을
내렸다. 잠시 머뭇거렸으나 그 눈빛이 빛났다.

무언가를 기대하는 것같이. 그가 조심스럽게
물었다.

"뭐가 신기한가요?"

"이 한여름에 여름의 이름을 가진
당신과 만난 거요. 부모님이 이름을 예쁘게
지어주셨네요."

쏴아아. 산 밑에서 바람이 불어왔다.
나뭇잎이 치대는 소리와 희미한 햇빛이 여름
위에서 부서졌다. 여름은 계화의 말에 씁쓸한
미소를 지었다.

❖

여름은 어두운 산길을 홀로 걸었다. 한
걸음 한 걸음. 발을 내디딜 때마다 과거를
떠올렸다.

어린 계화에게 비늘을 준 이후로 돌무덤
속에서 깊은 잠을 잤다. 한숨 자고 일어났더니

어렸던 계화는 훌쩍 커졌고 여전히 활기차 보였다. 그렇다고 방심할 순 없었다. 마을에 이상한 요괴가 나돌아 다니고 있었다.

처음엔 무슨 꿍꿍인지 그것이 몇 번 여름을 훔쳐봤다. 별거 아니라 생각했으나 곧 마음을 고쳐먹었다. '계화가 사는 곳에 저런 잡귀가 있으면 안 되지.' 하지만 놈은 꽤 빨랐다. 얼마나 악독한지 목을 물어뜯었음에도 살아남아 도망쳤다.

'하는 수 없지. 그 잡귀를 잡기 전까지 계속 지켜보는 수밖에.'

여름은 기꺼이 종일 계화를 쫓아다녔다. 버스 정류장까지 따라갔다가 그곳에서 계화를 기다렸다. 여름날의 정경은 정적이지만 계화를 생각하면 그 기다림은 설렘이기도 했다.

날이 지날수록 꽤 과감해졌다. 산속에선 좀 더 가까이 다가갔고 비가 오는 날엔 계화의

우산을 정류장에 갖다 놓기도 했다. 그냥
이대로 살아도 괜찮다고 생각했을 때 일은
벌어졌다. 자신이 계화를 아낀다는 걸 잡귀도
알아챘을까. 감히 계화를 노리고 그 앞에
나타났다. 놀란 계화가 불어난 강에 빠졌다.
어떤 생각도 못 하고 강에 미끄러지듯이
들어갔다. 세찬 물살에 휩쓸려 허우적거리는
계화의 모습이 금방이라도 사라질 것 같아
조급해졌다. 급히 그 허리를 감아 강기슭에
눕혔다. 계화는 숨을 쉬지 않았다. 그럴 땐
인공호흡으로 숨통을 트이게 한다는 걸 알고
있었기에 사람으로 변했다. 그게 처음이었다.
구렁이에서 사람으로 변한 건.

　　계화는 살았다. 비록 깨어나는 순간
나타난 남영 때문에 그 자리를 피할 수밖에
없었지만, 계화가 살아났음에 기꺼웠다.
남영이 거짓으로 계화를 살렸다고 했을
땐 구렁이 처지이기에 그 말을 부정하지

못했지만, 덕분에 깨달았다. 사람으로서는

계화의 옆에 더욱 가까이 있을 수 있다는

것을.

여름은 활짝 열려 있는 철문을 지나갔다.

컴컴한 마당을 가로질러 어둑한 집을

바라봤다.

매년 돌무덤에 제를 지내는 후손을

홀리는 건 참 쉬운 일이었다. 그 무덤에

번듯한 벽돌집을 지으면 더욱 번창할 것이다.

그곳에 누군가가 지내면 더 좋겠지. 가령, 이

내가. 모로 찢어진 뱀의 눈을 마주한 그는

번창하리라는 말에 홀려 이곳에 집을 지었다.

그리고 잊으리라.

여름의 손짓 한 번에 집 안 불이 켜졌다.

은은한 불빛이 그가 선 곳까지 새어 나왔다.

이 모든 건 다 계화에게 닿기 위해서였다.

그래서 어두운 산길에 불을 밝힌다는 이유로

계화 앞에 나타났고 말을 걸었다. 이상한

귀가 활개를 치고 있으니 조심하라는 당부를
전했다. 그때 계화가 무어라 했더라. 똘망한
눈으로 제 주먹을 들어 보였더랬지. 여전히
당돌하고, 겁이 없고, 호기심 많은 계화와의
대화는 즐거웠다. 욕심은 끝도 없었다.
계화에게 여름이라는 이름을 들키자 그 짧은
순간은 짜릿했다. 들키면 어떡하나 싶고 또
한편으로는 들키고 싶었다.

　'너는 나를 기억할까?'

　으르렁. 어둠이 머문 저편에서 들개의
눈이 번뜩였다. 여름은 이를 악물고 손을
내저었다. 날 선 바람이 휘몰아쳤다. 개들은
깨갱거리며 도망쳤다.

　계화는 구렁이 여름을 까맣게 잊었다.
아니 어떻게 잊어버릴 수가 있나? 이무기가
승천하는 걸 방해해놓고! 돌무덤에 누워 있는
자신에게 먼저 다가와 이름까지 지어줘놓고!
자신의 비늘까지 받아놓고! 자신만이 그날에

갇혀 계화를 맴돌았던 것 같아 분했다.

　욕심의 끝은 분노와 허무뿐이었다.

❖

　해가 높게 떠올랐다. 휴일이라 계화는
늦게까지 방에 누워 눈만 깜박였다. 여름의
마지막 얼굴이 묘하게 신경 쓰였다. 씁쓸하게
웃는 모습이 분명 자신의 말에 기분이 상한
것이다. 아니면 그 이름에 남모를 괴로움이
있던가.

　"애, 계화야!"

　할머니의 부름에 계화는 일어나 마당으로
나갔다.

　"이것 좀 저 윗집에 갖다주거라.
옥수수가 제법 잘 익었네. 서울 사람이 이걸
먹을까 싶다만은 뭐 같은 사람인데 입맛이
별다르겠냐."

계화는 얼결에 소쿠리를 건네받았다. 제법 묵직해서 두 팔이 밑으로 쑥 내려갔다.

"나보고 가라고? 입맛이 다를 거 같은데……."

떳떳하지 못한 일이 있어서 중얼거리자 할머니가 혀를 찼다. 한바탕 잔소리가 쏟아질 것 같아 계화는 재빨리 싸리문을 나섰다. 입술을 삐죽 내밀며 계화는 오르막길을 올랐다. 우거진 나무 그늘에도 공기는 뜨거웠다. 금세 땀이 흘러 계화는 옷소매에 얼굴을 닦았다.

얼마를 걸었을까. 녹색 철문이 보여 그 앞에 멈췄다. 어릴 때 몇 번 지나쳤을 뿐, 별장이 들어서곤 처음이었다. 주인 허락 없이 막 들어가도 되나 싶어 괜스레 쭈뼛거리며 발걸음을 내디뎠다. 아치형의 등나무 길을 지나자 짙푸른 잔디밭이 나타났다. 꽤 넓은 정원에 입이 절로 벌어졌다. 그 너머 버티고 선 단층의 붉은 벽돌집이 햇살에 반짝거렸다.
너무도 선명한 색감에 눈이 부셨다. 집까지
이어진 포석을 밟으며 정신없이 눈을 바삐
굴렸다.

휙휙 방향을 바꾸던 시선이 정원 한편에
자리 잡은 인공 연못 앞에서 여름을 발견했다.
반라로 뜨거운 햇볕을 쬐는 그 또한 이 집의
모든 것과 같이 반짝반짝 빛을 반사했다.
눈이 부시고 아름다워서 두 눈이 멀어버리지
않을까 생각하면서도 뗄 수가 없었다. 빛처럼
새하얀 아미를 밀어 올리며 그가 밝은 갈색
눈동자로 계화를 바라봤다.

"에그머니나!"

계화는 뒤늦게 정신을 차리고 돌아섰다.
맨발로 잔디를 밟아 바스락거리는 소리가
귓가를 간질였다. 옷을 입지 않는 상체를 힐끗
본 얼굴이 화끈거렸다.

"멋대로 들어와서 미안해요. 할머니가

옥수수 갖다드리라고 하셔서요."

여름을 쳐다보지도 않고 계화는 소쿠리를
내밀었다. 여름은 아무런 말 없이 가뿐하게
그걸 받아 들었다. 잔근육들이 꿈틀거리는 게
여실히 드러났다. 그는 계화를 지나쳐 집으로
향했다.

"들어와요."

나른한 여름의 목소리에 계화는
손등으로 붉어진 귀를 문질렀다. 활짝 열린
현관문을 통과하니 막 부엌으로 사라지는
그의 뒷모습이 보였다. 남자 혼자 있는 집에
들어가기가 뭐해서 계화는 현관 앞에서 마냥
있었다.

"혼자 사시나 봐요."

눈길이 바쁘게 이곳저곳을 훑었다.
책으로 가득한 거실, 털털 돌아가는 선풍기,
그 바람에 나풀거리는 커튼. 창가에 놓인
턴테이블엔 엘피판이 돌아가는지 외국 여자가

진한 목소리로 팝송을 불렀는데 소리를 작게 해놓아 집중하지 않으면 그 뜻을 헤아리기 힘들었다.

침묵이 이어졌다. 질문의 답은 돌아오지 않아 머쓱해졌다. 어떤 질문에도 대꾸해주던 사람인데, 못 들었나. 부엌에서 나온 여름은 계화에게 소쿠리를 건넸다. 비었다고 생각했는데 받아 드니 새빨간 산딸기가 한가득 담겨 있다.

"힘들수록 잘 먹어요."

계화는 얼결에 그걸 받고 나왔다. 뚱한 그의 말에 어안이 벙벙했다. 철문 앞까지 나와 돌아봤다. 별스럽지 않게 한 말 같았으나 무척 별스러웠다.

'뭐래?'

대체 뭐 땜에 화난 거야?

❖

"계화 양! 나 좀 보지."

점심시간이 끝나 밖에서 식사를 마치고 온 계장님이 계화를 불렀다. 조합원과의 식사 자리에서 무슨 일이 있었는지 한껏 엄격한 분위기였다. 책상 앞에 앉아 의자를 끄는 소리가 거칠었다. 계화는 황급히 그 옆으로 가서 두 손을 모았다. 은행 내 직원들의 신경이 이쪽으로 쏠리는 것이 느껴졌다.

"계화 양, 내가 오늘 지점장님을 모시고 누구와 식사했는지 알아? 바로 황 여사님과 함께했단 말이야. 그런데 어찌나 심기가 불편하신지 식사도 채 하지 않으시고 화나신 채로 돌아가셨어. 아니, 대체 행실을 어떻게 하고 다녔길래 지점장님이 그 화를 받게 한 거야?"

처음엔 계장님이 무슨 말을 하는지

몰랐다가 황 여사님이란 말에 계화는 단번에 모든 일이 이해가 갔다. 차남영의 엄마가 뭐에 화가 났는데 그 이유가 자신이라면 딱 하나였다. 남영과 얽힌 소문들. 순간 남영이 자신을 좋아해달라고 떼쓰던 모습이 떠올랐다.

"그 소문은 저와는 상관이 없습니다."

"자네가 꼬리 쳐서 아드님이 여기를 들락거린다고 하시질 않아!"

"꼬리라뇨? 차남영 씨는 예금하시러 오는 것뿐입니다. 저는 제 일을 했고요. 그렇다면 오시는 모든 고객님께 꼬리 친 것이란 말이니 계장님 말씀은 어불성설이고요."

"자네 지금 날 가르치려 드는 건가? 상사한테 꼬박꼬박 말대꾸하는 버릇은 어디서 배워처먹었어?"

여기서 더 반발했다간 저 계장 화만 돋우는 일이고 더 나아가 황 여사가 바라는 일을 제 손으로 해주는 거라 계화는 입술을 짓씹었다. 그리고 고개를 숙였다.

"죄송합니다. 제가 황 여사님을 뵙고 오해를 풀겠습니다."

"지금 당장 가! 의상실에 가신다고 했으니 그리 가면 될 거야. 가서 죄송하다고 싹싹 빌고 오라고! 이 은행에 그분의 지분이 얼마나 있는지 알아? 괜히 심기 불편하게 해서 돈이라도 빼시면 너 같은 게 메꿀 수나 있을 거 같아?"

막말하는 계장을 뒤로하고 계화는 은행을 나섰다. 너무 수치스럽고 분노가 치밀었다. 당장 때려치우고 싶은 마음이 들었지만, 이까짓 일에 무너질 순 없었다.

계화는 터미널 앞에 있는 의상실로 향했다. 마네킹이 선 쇼윈도 너머에서 견본을 보며 옷감을 고르는 황 여사가 보였다. 잠시 문 앞에서 계화는 심호흡했다. 소문에 대한 오해는 풀면 그만이다. 그리고 미친개한테 한번 세게 물린 거라고 치면 되지.

마음을 단단히 먹으며 의상실 문을 열었다.

"어서 오세요. 어머, 계화가 웬일이야?"

"안녕하세요. 황 여사님께 드릴 말이 있어서요!"

사장님은 계화와 그런 계화를 본 척도 하지 않고 옷감 견본만 고르는 황 여사를 번갈아 보더니, 차를 내오겠다며 눈치껏 자리를 비켰다. 의상실 안에 적막이 흘렀다. 계화는 두 손을 맞잡았다. 다시 심호흡하고는 입을 열었다.

"그동안 안녕하셨어요?"

"잘 지냈겠니? 누구 때문에 지금 화병으로 쓰러지기 일보 직전인데."

옷감에서 시선을 떼지 않고 황 여사는 말했다. 평소처럼 빈정거리는 말투라 오히려 긴장이 풀렸다. 언젠가 계화는 황 여사가 자신을 왜 그렇게 미워하는지 궁금한 적이 있었다. 직접 본인에게서 듣지는 않았지만 애지중지하는 외아들 차남영을 여자애가 때려서 그런 게 아닐까라고 홀로 납득했다. 지금도 남영과의 소문만으로 황 여사는 자신을 미워하다 못해 어떻게든 치워버리고 싶어 하지 않나.

"사죄드리러 왔습니다. 그리고 오해를 풀고 싶고요."

"오해?"

그 말이 기분 나쁜지 황여사는 계화를 봤다.

"제가 꼬리 쳐서 남영이가 저희 은행에 드나든다는 말씀에 대해서요."

"내가 잘못 알고 있다고?"

"네. 그 외에도 이런저런 소문들 모두 사실이 아닙니다. 그러니 화내실 이유가……."

휙. 갑자기 황 여사가 들고 있던 옷감을 집어 던졌다. 계화는 어깨를 때리고 떨어진 걸 물끄러미 바라봤다.

"네가 뭘 어떻게 했으니까 그런 더러운 소문이 돈 거 아니야? 내가 네 속을 모를 것 같아? 어려운 가정 형편에 팔자 펴보겠다며 그동안 여러 남자 이리저리 재다가 남영이 그 순진한 애를 꼬셔서! 내가 너 어릴 때부터 되바라진 거 참고 참았는데 이번엔 도저히 참지 못하겠다. 감히 누굴 넘봐! 우리 남영이 지금 군수님의 첫째 딸과 혼사 이야기가 오가고 있는데 너 따위 때문에, 어? 이런 촌구석이 아닌 서울 가서 정치할 애 앞길을 망칠 일 있냐고!"

계화는 소리를 질러대는 황 여사의 말에 어디서부터 따져 물어야 할지 고민했다. 왜 자신이 이런 소리를 들어야 하는지 화가 났고 어른이면 어른답게 굴라고 받아치고 싶었다. 그러나 한편으로는 단순히 소문 때문에 저 사람이 제정신이 아닌 것처럼 구는 게 이상하게 생각될 만큼 과했다. 처음의 평정심은 어디 가고 계화를 힐난할수록 그 말 속에서 간절함이 느껴졌다.

"남영이와 얘기는 해보셨어요?"

"뭐?"

"남영이는 뭐래요? 제가 거절했단 건 들으셨나요?"

그 말에 핏발 선 황 여사의 두 눈이 허공을 더듬었다. 가만히 있을 사람이 아니니 바로 남영을 닦달했을 터였다. 그때를 떠올린 듯 황 여사의 얼굴이 일그러졌다.

"홀려도 단단히 홀렸지. 네가 그런 거야! 네가 그 애 눈을 멀게 하고, 제대로 생각하지 못하게 했어! 다 너 때문이야! 그 착한 애가…… 언제나 내가 하라는 대로 하는 아이가 그 좋은 길을 마다하고 미쳐서, 널!

그러니 계화야! 그냥 여기를 떠나줘. 네가
없어야 남영이가 포기할 거 같아서 그래. 그게
너한테도 좋잖니. 너도 이 촌구석에 있지 말고
할머니와 함께 네 부모에게로 가. 내가 따로
퇴직금도 잘 챙겨줄게. 응?"

"······."

계화는 황 여사의 말이 도통 이해가 되지
않았다. 사람 마음 돌리는 게 쉽지 않다지만
그렇다고 왜 자신이 차남영 때문에 억지로
이곳에서의 삶을 버리고 도망가야 하는지
모르겠다. 대답이 없자 황 여사는 다시 성질을
냈다.

"나라고 아들이 원하는 걸 들어주지 않고
싶겠니? 근데 너는! 그래, 만약 혼인시킨다
치자. 자식 낳으면 네 병이 네 자식한테
옮아갈 텐데 어디 귀한 집안 말아먹으려고
작정했어?"

황 여사의 앙칼진 목소리에 사라지지

않은 비늘증의 흉터들이 욱신거렸다.

4

계화는 막차를 놓쳐 집까지 걷기
시작했다. 비틀거리는 구둣발이 위태롭게
어두운 흙길 위를 걷는다. 드문드문 놓인
가로등 불빛의 경계에서 벗어나면 어둠이
한동안 이어졌다. 개구리가 울고 길가의
수풀에선 인기척에 밤 벌레가 튀어 올랐다.

퇴근 후 미선 언니가 밥 먹자며 호프집에
데리고 갔다. 이것저것 시킨 안주와 건네는
술을 꾸역꾸역 먹고 마셨다. 계장 뒷담화와
괜히 남영이와 엮었다고 미안하다고 하는 그
말 이후로 어떤 대화가 오갔는지 기억이 나지
않았다. 더는 생각하고 싶지도 않았다. 마침
내일이 휴일이니 이렇게 취한 채 아무 생각도
하지 않고 푹 쉬고 싶었다.

부끄러운 줄 아세요!

황 여사에게 남기고 나온 그 말이 불쑥불쑥 떠올랐다. 분노를 더 내뱉었어야 했다. 남의 약점들을 붙잡고 협박하는 그 얼굴 앞에서 침이라도 뱉었어야 했다. 하지만 그러질 못해서 억울하고 분한 감정이 자신을 못살게 굴었다. 모지리, 바보, 그걸 당하냐? 계화는 구두코로 돌멩이를 걷어찼다. 바닥을 데굴데굴 굴러간 돌멩이가 논으로 빠졌다. 눈물 대신 콧물을 훔치면서 계화는 무심코 앞을 봤다.

다음 가로등 옆으로 뭔가가 나풀거렸다. 흐릿한 시선에 계화는 손등으로 눈물을 닦아냈다. 원피스 자락이 바람에 흔들렸다. 웬 여자가 가로등 뒤에 있었다. 마을이 멀지 않았기에 누군가가 나온 거라고 생각했다.

"누구……?"

그 질문에 여자가 얼굴을 내밀었다. 까꿍

하고 놀리는 것처럼. 순간 계화는 소스라치게 놀랐다. 머리가 있어야 할 자리에 머리가 없었다. 순간 별장 남자 여름이 했던 말이 떠올랐다.

요즘 그 소문 들었습니까? 근처에 머리 없는 귀신이 나타난다고 합니다.

취해서 헛게 보이는 거 아닌가? 아니 그냥 실없이 한 말 아니었던가? 세상에 귀신이 어디 있어? 무수히 떠오르는 질문들과 벌렁거리는 심장. 그때 귀신이 계화를 향해 달려들었다. 진짠가 봐!

"꺄아악!"

놀란 계화가 소리를 지르며 뒤돌아서 달렸다. 탁탁탁탁. 쫓아오는 발소리가 점점 가까워졌다. 잡힌다. 힐끗 뒤를 돌아보려다가 돌부리에 발이 걸렸다. 그러자 앞으로 쏠리는 몸을 누군가가 붙들었다. 여름이었다. 계화가 여름의 품에 코를 박았을 때 설핏 그가 달려오는 귀신을 향해 손을 뻗는 게 보였다.

"위험⋯⋯."

계화가 소리를 내자 다른 손이 계화의
머리통을 붙들어 시선을 돌렸다. 사위로
푸른빛이 번쩍였다. 눈이 부셨다. 계화는
눈을 질끈 감으며 그를 끌어안았다. 잠시 뒤,
적막했던 주위에서 다시금 개구리 울음소리가
들렸다.

"술 냄새."

움찔. 남자의 목소리에 계화는 고개를
들었다. 자신을 내려다보는 여름과 눈이
마주치자 뒤를 돌아봤다. 어느새 득달같이
달려들던 머리 없는 귀신은 사라지고 없었다.

"어, 어떻게?"

계화의 질문에 여름은 한 손에 든
손전등을 보여줬다.

"귀신은 빛을 무서워하거든."

머리가 없어 보지 못할 빛을

두려워한다고? 계화가 눈을 깜박이자 여름은
모른 척하며 잔소리하기 시작했다.

"그러길래 내가 밤길 조심하라고
당부하지 않았습니까? 무슨 술을 이렇게
늦게까지 마시고. 어디 다친 데는 없어요?"

몸을 살피려고 계화의 어깨를 붙들지만,
계화는 그 품에서 떨어지지 않았다. 여름은
당황해서 계화를 바라봤다. 어느새 눈물을
뚝뚝 흘리고 있다.

"괜찮…… 을 리가 없잖아요. 왜, 왜 하필
나야? 억울해. 세상이 나만 괴롭히는 것
같아. 왜? 나는 가만히 있는데? 이젠 별의별
귀신까지!"

어엉! 뭐가 그렇게 서러운지 엉엉 우는
모습에 여름은 당황스러웠다. 닭똥 같은
눈물을 닦아주며 물었다.

"왜 우는 거야?"

그 질문에 엉엉 울면서 계화는

웅얼거린다. 못 알아들은 여름이 다시 물었다.

"뭐라고?"

계화가 눈물 섞인 말을 내뱉는다.

"어?"

여름이 또 못 알아듣자 계화가 잠시 우는 걸 멈추고 한심 어린 시선을 보내다 더 크게 엉엉 운다. 여름은 다독이다가 품에 안았다.

"그래그래, 내가 잘못했다. 그러니 울지 마라."

얼마를 그의 품에서 울었을까. 조금 진정된 계화는 눈물 콧물을 닦아냈다. 나약한 모습을 보여서 부끄러웠다. 하지만 여름이 자신을 진심으로 걱정해주는 것에 마음이 놓인 것은 사실이었다. 처음 만났을 때부터 여름은 그랬다. 그래서 그 옆이 편안했다. 고개를 들자 안절부절 어쩔 줄 모르는 얼굴이 나타났다. 여름은 손끝으로 계화의 볼에 남은 눈물 자국을 조심히 훔쳐냈다.

"이제 좀 괜찮은가……."

가로등 불빛에 비친 여름의 얼굴이
한여름 햇살에 빛나던 모습과 겹쳤다. 계화는
뒤꿈치를 들어 그의 입술에 입을 맞췄다.
달빛은 청명한데 안긴 품은 시원하고,
밤바람은 살랑살랑, 시끄럽게 울어대던
개구리 울음소리가 그쳐 있었다.

❖

짜릿함에 눈을 질끈 감았다 뜬 계화는
창을 넘어 내리쬐는 햇빛에 고개를 돌렸다.
너무 울어서 부어버린 두 눈은 제대로 떠지지
않았고 혼란함에 몸을 들썩이다가 그만
바닥으로 떨어졌다. 악 소리를 냈다가 상체를
일으키니 눈앞에 생전 처음 보는 침대가
있었다. 낯선 방에 놀란 계화는 갑자기 열린

방문을 바라봤다.

"무슨 일이야?"

문 앞에 서 있는 사람은 여름이었다.
당황한 계화는 옷을 입고 있었음에도 이불을
끌어안았다.

"뭐, 뭐예요? 내가 왜 여기에? 여긴 어디?"

"아, 어제 갑자기 기절하는 바람에 집 앞에
두고 오려고 했는데 멧돼지가 있어서 우리
집으로 데려왔어."

"내가 기절했다고요?"

그대로 외박했다고? 할머니한테 죽었다는
생각에 정신이 번쩍 들었다. 계화는 자리에서
벌떡 일어났다.

"멧돼지한테 먹혀도 집 마당에 됬어야죠!"

"진심으로 하는 소리야?"

"할머니가 도깨비 얼굴 할 때 얼마나
무서운지 모르죠?"

여름은 방을 나서려는 계화를 붙잡았다.

"어차피 혼날 거 밥은 먹고 가."

"밥이요?"

그의 뒤로 부엌과 식탁이 보였다. 사람이
성의를 보였는데 무시하고 가기도 그랬다.
게다가 도와주고 잠까지 재워줬는데. 어차피
혼날 거, 뭐.

"그럼 먼저 씻을게요."

화장실로 온 계화는 거울에 비친 모습에
경악했다. 머리는 흐트러지고 두 눈은 퉁퉁
부었으며 입가엔 침 자국이. 이 얼굴로 여름과
마주했다니! 부끄러움을 넘어 수치심까지
들었다. 얼른 세수하고 가방에 있던 칫솔로
이까지 닦았다. 어제 왜 기절해서는. 하긴
하루 동안 많은 일이 벌어졌다. 심지어
귀신까지 나타났지 않은가. 그걸 여름이
구해주고, 그 품에서 울고, 그의 입술에
뽀뽀를……?

이를 닦다가 문득 떠오른 그와의 뽀뽀

장면에 계화는 기함했다. 꿈이 아냐? 미쳤어?
배계화? 취해서 무슨 짓을 한 거야? 차마
여름의 얼굴을 볼 수 없을 것 같아 얼른 입을
헹구고 밖으로 나왔다. 식탁에 국을 올려놓던
여름이 계화를 봤다.

"여기에 앉아. 처음으로 김칫국을
끓여봤는데 입맛에 맞을지 모르겠다."

언제부턴가 여름이 반말하는데도 짚고
넘어가지 못하고 계화는 우물쭈물하다가
의자를 빼주는 곳으로 가 앉았다. 그 맞은편에
앉은 여름은 숟가락을 들어 김칫국을 먹는
계화를 빤히 쳐다봤다. 계화는 붉어진 얼굴로
집요한 그의 시선을 모른 척했다.

침묵 속에서 밥을 먹던 중 여름이 말했다.
이 상황을 꽤 즐기는 목소리였다.

"누가 그러던데, 뽀뽀하면 혼삿길 막히는
거라고."

그 말에 계화는 얼굴이 더욱 화끈거리는

걸 느꼈다. 도저히 그 자리에 있지 못하겠어서
집 밖으로 도망쳐 나왔다. 닫히는 현관문으로
여름의 웃음소리가 흘러나왔다. 쨍쨍한
햇살과 매미 울음소리가 싫지 않았다.
계화는 문 앞에 멈춰서 한여름이 자리한
정원을 바라봤다. 잊었던 전날 밤의 온기와
수줍던 설렘이 떠올랐다. 여름이 아름답다고
생각했다. 차가운 그의 손길이 두 뺨 위에
내려앉아 어루만지는 게 계속 이어졌으면
좋겠다고도. 계화는 돌아서서 현관문을
열었다. 어느새 현관 앞에 선 여름이 놀랐는지
눈을 동그랗게 떴다.

　　그대로 여름에게로 가 뜨겁게 키스했다.

❖

　　간밤에 뽀뽀를 당했을 때도 아찔하더니
뜨겁고 부드러운 계화의 입술과 다시 닿자

기꺼워 입술이 절로 벌어졌다. 자연스레

안으로 들어오는 계화의 작은 혀에

온몸이 전율했다. 여름은 계화의 키스에

뒷걸음치다가 소파에 쓰러졌다. 아득한

느낌에 계화가 짧은 비명을 내질렀다. 넘어질

때 계화가 다칠까 봐 꽉 끌어안았던 여름이

비명에 황급히 일어나려 했다. 그의 몸 위에

엎드린 계화가 황급히 얼굴을 들었다.

"좋아요. 책임질 테니 평생 내 편 해줘요."

발갛게 물든 얼굴로 계화는 킥킥 웃었다.

그에 맞춰 여름의 몸도 잘게 떨렸다.

계화는 언제나 자신을 놀라게 했다.

승천하다가 발견했을 때부터 지금까지 그의

심장을 수십 번이나 들었다가 떨어트렸다.

여름은 가슴을 부여잡았다. 계화라면 사소한

것이 하나도 없었다. 그렇다면 지난한 생에

계화 정도는 괜찮지 않을까.

여름은 계화의 달뜬 얼굴을 잡고는 입을

맞췄다. 발그레한 볼을 깨물고 뜨거운 두 팔에
몸을 맡겼다. 손에 스치는 부드러운 살결에
오돌토돌한 흉터가 만져졌다. 목덜미에 박힌
그의 비늘도. 잠시 계화는 입술을 떼고 상체를
일으켰다. 방금 전까지 여름이 만졌던 곳의
흉터가 신경 쓰이는 모습이었다. 여름은
계화의 팔을 조심스레 잡아당겼다. 그리고
팔에 입을 맞췄다.

"넌 언제나 빛이 나. 여기 팔, 여기 뺨,
여기 목덜미."

뺨과 목덜미에도.

"처음 널 만났을 때 이 목덜미에 입을
어찌나 맞추고 싶던지."

그것이 독니였지만 상관없었다. 그때부터
온통 계화라서 좋았다. 그래서 더는 외롭지가
않았으니.

"나도 좋아해요, 배계화 씨."

계화가 다시금 여름을 안았다. 여름도

계화를 힘껏 마주 안았다. 절대로 떨어지지
않겠다는 듯이.

❖

남영은 한동안 바쁘다는 핑계로 계화를
만나러 은행에 가지 않았다. 자신 좀 봐달라고
떼를 쓴 게 뒤늦게 부끄러웠고 계화에게도
생각할 시간이 필요할 것 같았다. 조금 거리를
두면 마음이 풀릴 날이 있을 테니. 그런데
도저히 참을 수가 없어 온 은행에 계화가
없었다.

"계화 휴가예요."

"아, 그런가요?"

언제나 자신을 보고 생글거리던 계화의
선배가 어째선지 냉랭하게 말했다. 갑자기
달라진 태도에 머쓱해져 인사하고 나왔다.

"저기요, 차남영 씨!"

은행에서 미선이 따라 나왔다. 그 손엔
통장이 있었다. 당황해서 두고 나왔던 것이다.
통장을 받아 드는데 미선이 통장을 놓지
않았다. 의문스러운 표정으로 보자 미선이
그를 쏘아봤다.

"지금 계화가 그쪽 어머님 때문에 얼마나
곤란한 지경에 처했는지 아세요? 덕분에
위에서 일 그만두라는 말 듣고 있어요. 그러니
제발 우리 계화 좋아하지 마세요!"

그 말을 남기고 미선은 은행으로
들어갔다. 어안이 벙벙했다가 남영은 인상을
와락 찌푸렸다. 얼마 전 제가 낸 소문을 듣고
엄마는 그게 사실이냐고 물었다. 어차피
결혼하려면 양가 동의가 있어야 하니 그는
인정했다. 하지만 엄마는 기함하며 반대를
했다. 현재 군수의 딸과 결혼시키려고 하니
계화 따윈 생각도 말라던 엄마의 말이 듣기
싫었다. 자라오는 내내 그 말을 들었다.

결혼마저 엄마 뜻대로라니, 계화가 아닌 다른
여자라니 끔찍했다.

"엄마가 반대해도 나 계화랑 결혼할 거야!
계화랑 못 살면 콱 죽어버릴 거야!"

그리고 뛰쳐나왔으나 엄마는 포기하지
않았으리라. 남영은 이마를 짚었다. 엄마가
계화를 괴롭히는 건 생각도 못 했다. 자괴감에
빠져 그걸 간과했다. 남영은 즉시 마을로
향했다. 계화가 괜찮은지 걱정됐다. 엄마 대신
사과하고 싶었다. 가뜩이나 자신을 싫어하는
계화였다. 어떻게든 닿고 싶어서 미칠
지경인데, 점점 멀어지는 것만 같다.

계화의 집엔 아무도 없었다. 기웃거리다
집 뒤쪽에서 고추밭 고랑을 엉금엉금 기는
할머니를 발견했다.

"할머니! 괜찮으세요?"

놀라서 달려가 부축하자 창백한 얼굴이
남영을 올려다봤다.

"니가 여기 무슨 일이냐?"

"계화 보러요. 그런데 어디 아프세요?"

"땡볕에서 오래 있었는지 현기증이 잠시 온 거지, 별일 아니다. 그래, 계화? 아까 아침 먹고 윗집으로 심부름 갔는데 아직 안 왔나? 하이고, 계집애 그 집에 신기한 게 잔뜩 있다더니 또 구경하고 앉았나 보네. 그리 폐 끼치지 말라니까."

그 말에 계화의 부축을 받던 남자가 떠올랐다. 남영은 휘청거리는 할머니를 집까지 모시고 갔다. 몸이 달았다. 할머니에게 연신 괜찮다는 말을 들은 후에 급히 남자의 집으로 뛰었다.

산을 오르는 내내 불안한 마음이 가시지 않았다. 새로 난 길에 활짝 열린 철문을 지나쳤다. 휘황찬란한 정원에도 시선이 가지 않았다. 오로지 붉은 벽돌집을 향해 달렸다. 숨을 몰아쉬며 남영은 닫힌 현관문 앞에서

문을 두드릴까 고민했다. 남의 집까지 찾아온 자신을 보고 계화는 뭐라고 할까? 달갑지 않겠지. 질색할 테고. 그는 땀에 젖은 머리를 쥐어뜯었다.

그러다 들려오는 음악 소리에 시선을 돌렸다. 저도 모르게 천천히 그곳으로 향했다. 모퉁이를 돌자 활짝 열린 커다란 창에 하얀 커튼이 넘실거렸다. 가까이 다가갈수록 음악에 섞여 남녀의 키득거리는 웃음이 들렸다.

남영은 조심스레 창 앞에 섰다. 흔들리는 커튼 안으로 거실이 보였다. 그곳 소파에 나체로 뒤엉킨 남녀가 있다. 남영은 황급히 돌아섰다. 두근거리던 심장이 쿵 하고 내려앉았다. 온몸에 힘이 쭉 빠졌다. 계화였다. 계화와 그 남자. 남영은 연신 주먹으로 이마를 문질렀다. 창을 넘은 달뜬 숨소리가 그를 괴롭혔다. 왜 계화는 자신이 아닌 저 남자를 안고 있는지 이해가 되지 않았다.

죽었다 깨어나도 너는 안 된다는 말이야!

거봐란 듯, 이기죽거리는 친구의 목소리가
귓가에 맴돌았다. 분노가 치밀었다. 당장
창을 넘어 저들을 떨어트리고 싶었다. 저
새끼를 죽여버릴 테다! 이를 빠드득 갈며
남영은 다시 돌아섰다. 그 순간 나풀거리는
커튼 너머로 자신을 노려보는 남자와 시선이
마주쳤다. 목에 매달린 계화를 끌어안고 몸을
움직이면서도 남영을 경계하는 그 시선이
참으로 서릿발 같았다.

섬찟해서 남영은 그 자리를 도망쳐
나왔다. 어느덧 붉은 노을빛이 내려앉은
정원을 지나 철문까지 단숨에 달렸다. 남영은
바람에 흔들리는 나무를 보고도 두려움에
몸을 떨었다. 자신이 무엇에 두려움을
느끼는지도 몰랐다. 그냥 어서 이곳을
벗어나야 한다는 생각만 들었다. 부스럭. 그때

어둠으로 물든 수풀 속에서 기척이 났다.

"이보오!"

누군가가 자신을 불렀다. 화들짝 놀란 남영이 헉 하고 소리를 질렀다. 수풀 안에서 창백한 얼굴이 불쑥 나왔다.

"이봐! 나 때문에 많이 놀랐나? 놀라지 말게. 나는 며칠 전부터 여기에 숨어서 저 집을 관찰 중이거든."

중년의 여자가 고개를 까딱였다. 흰자위 위로 작고 검은 눈동자가 또르륵 굴러 집을 향했다. 그 시선을 따라 남영도 붉은 집을 바라봤다.

"아 오해 말게. 나, 그리 나쁜 사람은 아니고 무당이야, 무당. 우연히 이곳을 지나가다 강렬한 요기(妖氣)가 느껴져 심상치 않아서 있는 것이지."

"강렬한 요기요?"

여전히 벌렁거리는 가슴팍을 쥐고 남영은

물었다.

"저 집에 사는 건 사람이 아니라 천 년
묵은 이무기야. 양분을 삼으려 곧 사람을
잡아먹을 거거든."

"네?"

남영은 계화를 끌어안고 자신을 쳐다보던
남자를 떠올렸다.

"사람을 순식간에 홀리는 걸 구미호만 할
줄 알까?"

그 말대로라면 누구보다 이성적인 계화가
자신을 두고 만난 지 얼마 되지도 않은 그런
놈이랑 몸을 섞는 게 이해가 됐다. 요상한
힘으로 계화를 홀렸겠지.

"자네의 공권력으로도 어찌할 수 없어!"

"그, 그럼 어떻게 해야 하나요? 제가
어떻게 해야 저놈을 해치우고 계화를 구할 수
있죠?"

또르륵 굴러갔던 작은 눈동자가 다시

굴러와 남영을 봤다.

"뽕나무 활과 쑥대 화살로 잡는다. 옛날 유명한 장군이 그걸로 이무기를 잡았거든. 어서 준비해야 할 거야. 자네가 애지중지하는 그 여자가 곧 먹히기 전에."

남영은 두 주먹을 불끈 쥐었다. 그리고 다시 달렸다. 시간이 없었다. 꼭 이무기에게서 계화를 지켜내겠다고 거듭 다짐했다.

❖

여름은 터벅터벅 철문 밖으로 나왔다. 하얀 셔츠는 단추가 채 채워지지 않았고 청바지 밑은 맨발이었다. 제멋대로 뻗친 머리카락이 바람에 흔들렸다. 그는 가지고 온 손전등을 켜고 수풀 쪽을 비췄다. 불빛이 어둠 속을 헤집자 수풀이 움직였다.

"도망가지 못한다. 나와라."

좋은 말로 해도 나오지 않자 여름은 들고
있던 손전등을 그곳으로 던졌다. 팽그르르
허공을 돌던 손전등이 수풀 속에 떨어지자
허연 얼굴이 나타났다가 사라졌다. 잠시 뒤
바스락거리며 검고 동그란 덩어리가 비탈길을
굴러왔다. 여름 앞에서 실타래가 풀어지듯
긴 머리카락이 흩어지고 중년 여인의 얼굴이
드러났다. 핏발 선 눈에 검은 눈동자가 움직여
여름을 올려다봤다.

"원통하고 원통하도다. 나의 일부를 죽인
저 이무기 놈에게 죽다니 억울하다."

"그 머리로 어찌나 바쁘게 굴렀는지
한참을 찾아도 보이지 않더니, 몸이 타버린
복수를 하러 온 건가? 제 발로 찾아왔군.
있어선 안 될 곳에 있던 널 탓해라."

"있을 곳? 그건 누가 정하는 거지?
나는 그저 한곳에 정착하길 원했을 뿐이다.
살아서는 사람들이 그걸 결정짓더니 죽어서는

네가 결정짓는구나. 가소롭다. 그렇다면 너는?
이무기 주제에 인간 여자와 무얼 하고 있느냔
말이다. 너 또한 자연의 이치를 거스르면서!
자연의 이치를 거스를 수 없어 내가 죽는다면
너 또한 그렇게 될 터! 너도 곧 나처럼
모든 것을 잃고 원통해할 것이다. 평생을
억울해하라!"

콰직. 여름은 저주를 내뱉는 머리를
밟아버렸다. 보자마자 그리했었어야 했는데
쓸데없는 말이 많았다. 그래도 이제 계화
주위에 더는 나쁜 것이 없기에 마음이 놓였다.

"여름 씨! 벌써 시간이……. 할머니한테
죽었다."

집에서 허둥지둥 나오는 계화가 보였다.
여름은 계화에게로 달려갔다. 그 뒤로 부서진
귀신 머리가 푸른 불꽃에 타올랐다.

달려오는 계화의 헝클어진 머리카락이
흐트러졌다. 발갛게 달아오른 얼굴이 여름을

보고는 곤란한 표정을 짓는다.

이무기 주제에 인간 여자와 무얼 하고
있느냐 말이다.

이무기 주제에 계화와 무얼 하느냐고?
오로지 계화만이 찬란하게 보이는 이 순간이
너무도 벅차오르는데 이걸 단어로 표현한다면
무어라 할까?

여름은 자신에게 다가오는 계화를
끌어안았다. 품 안에서 늦었다고 웅얼거리는
계화의 숨이 간지러웠다.

"사랑해."

더 멋진 말들이 있을 것 같은데 도통
떠오르지 않아 이것이 최선인.

"배계화. 사랑해."

여름은 그 입술에 키스했다. 놀란 계화의
두 눈이 커졌다. 시린 여름의 입맞춤에 뜨거운
두 손이 그를 더욱 끌어당겼다. 입술이
떨어지는 그 찰나에도 누군가가 읊조린

'사랑해'라는 말이 서로의 혀에 녹아들었다.

❖

데려다주겠다는 여름을 밀어내고 계화는 집으로 돌아왔다. 심장이 너무도 크게 쿵쾅쿵쾅 뛰어서 정신이 하나도 없었다. 너무 행복해서 웃음이 났다. 주책이라며 손으로 입술을 막아보지만 어느새 벌어진 입은 다물어질 줄을 몰랐다. 계속해서 입술이 위로 말려 올라갔다. 내딛는 걸음이 너무도 가벼워서 이르게 뜬 달과 별을 향해 튀어 오를 것 같았다. 끝없이 사랑을 속삭일 때 얼마나 달콤했던가. 온몸이 다디단 간지러움에 배배 꼬였다. 계화는 키득거리며 싸리문을 지나 마당으로 당차게 들어섰다.

그리고 마루에 쓰러진 할머니를 발견했다.

"할머니!"

❖

　새벽빛이 거실로 비쳐 들었다. 바닥은
온통 책장에서 꺼낸 책들로 어수선했다.
제멋대로 놓였거나 펼쳐진 책들 사이에 앉아
있던 여름은 창 너머로 여명이 밝아오는
하늘을 바라봤다.

　승천보다 지금 이 감정이 너무 좋구나.

　사랑이란 간결한 단어보다 훨씬 더
우아하고 고급스러운 그러한 고백의 말들을
찾으려고 했었다. 그래서 온 책을 살펴봤으나
어디에도 차오르는 이 감정을 표현하는
적절한 말들은 없었다. 그 사실이 너무도
안타까웠다. 간밤에 계화를 보내기 너무
힘들었다. 눈에 닿는 곳에 두고 천년만년
계화와 행복하게 지내고 싶었다. 그렇게
생각하자 어느 책에 나오는 한 장면이
떠올랐다.

반짝반짝 빛나는 반지를 건네며
결혼하자고 구애하는 장면이. 제법
그럴듯해서, 여름도 계화에게 멋지게
프러포즈를 하고 싶었다. 이럴 게 아니지.
당장에 아주 예쁘고 번쩍번쩍한 보석이
박힌 반지를 준비해야 했다. 여름은 책상
위 메모지에 금방 돌아오겠다는 글을 썼다.
계화가 왔을 때 자신이 없다면 놀랄 테니까.
여름은 지체하지 않고 운동화를 신고 집을
나섰다.

쿵쾅쿵쾅. 조급해졌다. 어서 계화를 보고
싶었다. 반지를 보고 놀라며 결혼하자는 말에
예스라고 말하는 계화를 품에 안고 싶었다.
그 입술에 키스하고 싶었다. 그렇게 천년만년
사는 거다. 계화와.

그때 쌔액- 하는 소리와 함께 무언가가
날아와 땅에 박혔다. 여름은 옆을 봤다.
조악하게 만든 화살이다. 고개를 드니 몇 걸음

앞에서 남영이 화살을 들고 있었다.

"이, 이 괴물! 우리 계화 어디 있어?"

전날 자신과 계화를 훔쳐볼 때 죽일까
잠시 고민했었지만 그래도 인간을 죽이는 건
귀찮아서 내버려뒀더니.

'아주 깜찍한 짓을 하네?'

여름은 시간을 지체하게 만드는 남영에게
화가 났다. 그는 한달음에 남영의 앞으로 가
멱살을 틀어쥐었다. 남영이 비명을 지르며 그
손아귀에서 빠져나오려고 버르적거렸다.

"우리 계화? 계화는 네 것이 아니야."

"그렇다고 네 것도 아니지. 계화를 어떻게
했어? 이 괴물 새끼야!"

짜증이 치밀어 여름은 남영을 집어
던졌다. 저만치로 굴러간 남영이 밭은기침을
하며 몸을 일으켰다. 돌부리에 찍혔는지
그의 눈가에서 피가 흘렀다. 여름은 그에게
다가갔다.

"그 귀신 머리가 너를 쉽게도 꾀었군. 내가 인간이 아닌 게 두려워 부들부들 떨면서도 날 죽이겠다고 하는 네놈의 용기가 참으로 가상해. 그렇기에 목숨은 붙여놓으려고 하니 살고 싶으면 더는 그 입에 계화를 올리지 않았으면 좋겠는데."

피가 시야를 가려 한쪽 눈을 감은 남영이 여름의 협박에 웃음을 터트렸다.

"괴물 주제에 감히 계화를 사랑이라도 하는 것처럼 구네."

괴물 주제에 감히 계화를 사랑이라도 하면 안 되나?

여름은 고개를 갸웃했다.

있을 곳? 그건 누가 정하는 거지? 너 또한 자연의 이치를 거스르면서!

귀신 머리가 악에 받쳐 소리 지르던 것이 덩달아 떠올랐다. 그 말에도 여름은 고개를 갸웃거렸다. 자신이 있을 곳은 당연히 계화의 곁이었다.

"계화는 네놈의 요망한 술수에 홀린
것뿐이야. 걔가 제정신이 아니라서 너 같은
괴물 놈에게 매달린 거야. 그러니 내가 계화를
구할 거야……."

여름은 분노했다. 자신과 계화의 사랑은
감히 저놈 따위가 부정할 만한 그런 것이
아니었다. 저런 놈 때문에 더는 인내하기
싫었다. 생각해보니 저런 인간 따윈 죽어
없어지는 게 나았다. 여름이 남영의 목을 한
손에 움켜쥐었다. 그 순간 날카로운 통증이
일었다. 여름은 남영의 손을 붙들었다.
가까워질 때까지 숨겨두었던 화살이 여름의
옆구리에 박혔다. 남영은 손에 힘껏 힘을
줬다. 화살이 더욱 깊숙이 들어갔다.

여름은 남영을 밀었다. 강한 힘에 다시금
남영이 뒤로 날아갔다. 여름은 비틀거리며
섰다. 숨을 쉴 수가 없었다. 충만했던 기운이

빠져나갔다. 고통스러워서 화살을 빼려고
손을 대자 손바닥이 타들어갔다. 휘청거리는
발밑이 무너지는 것 같은 아득한 느낌이
들었다. 밑을 보니 두 다리가 흐물거리며 뱀의
꼬리로 변했다. 여름은 당황해서 고개를 돌려
집을 바라봤다. 어딘가에 남아 있을 계화의
자취를 쫓기도 전에 여름은 바닥에 쓰러졌다.
바닥을 짚었던 계화를 끌어안았던 두 팔마저
사라지고. 오로지 남은 건 더는 사람이 아닌
구렁이 여름이었다.

❖

　　계화는 산을 올랐다. 불어오는 바람에
단풍이 든 나뭇잎들이 우수수 떨어졌다.
뒹구는 낙엽을 밟으며 내딛던 걸음이 굳게
닫힌 철문 앞에서도 멈추지 않았다. 계화는
철문 턱을 밟았다. 위를 붙들고 문을 칭칭

감은 사슬을 밟고 그 위를 넘었다. 사람
손길이 닿지 않은 정원은 그 찬란함이 퇴색된
지 오래다. 계화는 집으로 가 현관문 손잡이를
돌렸다. 문은 잠겨 있었다. 언제나 열려 있던
창도 굳게 닫혔고 커튼이 가린 집 안은 보이지
않았다. 성질이 나 계화는 바닥에서 돌을 찾아
창문에 힘껏 던졌다. 쨍그랑 하고 유리 파편이
집 안으로 우수수 떨어졌다. 커튼이 잘게
흔들렸다. 보이지 않아도 계화는 집이 텅 비어
있음을 알았다. 서울에서 사람들이 와서 모든
것을 가지고 가버릴 때 그 자리에 있었으니까.

울고불고 제발 여기에 있던 남자가
어디에 있는지 한 번만 만나게 해달라고
애걸했다. 이 집 주인이 누구인지 자신이
찾아가서 얘기해보겠다고 해도 그 누구도
입을 열지 않았다. 그 누구도 그를 모르는
것처럼 굴었다. 마치 처음부터 존재하지도
않았던 것처럼.

갑자기 사라져버린 여름은 어디로 갔을까.
이 집이 아니었으면 한여름의 꿈이라고
생각했으리라. 계화는 집 벽에 기대어 앉아
주머니에서 쪽지를 꺼냈다. 반듯하게 접힌
종이는 벌써 모서리가 해져 있었다.

　—금방 돌아올게.

　급히 휘갈겨 쓴 그 글자를 가만히 보다가
왈칵 울음이 났다. 돌아오고는 있는지,
금방이라면 얼마나 금방인지, 너무도
모르겠어서. 이제 그를 더는 기다릴 수 없어서
서러웠다.

　"미안해요."

　흐르는 눈물을 두 손에 묻었다.

　한 달 전 황 여사가 찾아왔다. 아들
차남영의 몸이 갑자기 안 좋아져 고열에 들떠
계화만을 찾는다며 꼭 한 번만이라도 보고
싶어 한다고 했다. 황 여사는 거절하는 계화의
손을 다급하게 잡으면서 말했다.

"저렇게 우리 남영이 죽어버리면
너라고 마음이 편하겠니? 그러니 제발 우리
아들 마음 좀 받아줘. 내가 다시는 네가
속상해할 만한 짓 절대 안 할게. 네가 내 소원
들어준다면 나도 네가 무엇을 원하든 다
들어줄게. 그래, 너희 할머니 대장암이라면서.
내가 서울에서 암 전문으로 유명한 의사
선생님께 치료받게 해줄게. 얼마가 들든지
최선을 다할 테니까, 우리 남영이랑
결혼해줘!"

단꿈에서 깨고 나니 지독한 현실이었다.

"미안해요."

듣는 이 없는 사과에 설움만이 북받쳤다.
이젠 그 사랑이라는 걸 눈물에 흘려보내야
했음을.

❖

대통령이 죽은 그 주에 계화와 남영은 쫓기듯이 결혼식을 올렸다. 애도는 하지 못할망정 잔치를 치른다고 눈총을 받았지만, 황 여사는 아픈 아들을 더는 기다리게 하고 싶지 않았다.

그리고 결혼식이 거행되는 그날, 버스 정류장 옆 계수나무에 커다란 구렁이가 나타났다며 온 마을에서 경사라고 소문이 났다. 그리고 별장에 살던 부자 남자는 끝내 죽었다는 소문도.

에필로그

[2024년]

늦털매미가 그악스레 울고 무더위는 연일 계속되었다. 짙은 녹음 사이로 털털거리며 포클레인 한 대가 올라왔다. 집 앞에 주차된 차에서 내린 수한이 마당에 서는 포클레인을 향해 짜증을 냈다.

"지금 시간이 몇 시인데, 이제야 와요? 할 일이 얼마나 태산인데?"

그 성화에 운전석에서 고개를 내민 기사가 인상을 찌푸렸다.

"엊그제 태풍이 와서 수해 난 거 복구하느라 바빠죽겠는데 지금 아니면 안 된다고 재촉한 건 그쪽이잖소!"

"아, 모르겠고. 짐은 빼놓은 지 오래니까 어서 일이나 하세요."

젊은 사람의 닦달에 못마땅한 기사는 포클레인 안전 레버를 올렸다. 몇 평 되지도 않는 오래된 집을 부수는 건 얼마 걸리지도 않을 테고만.

요란한 엔진 소리와 함께 버킷이 움직였다. 집 한쪽 면을 밀자 조금씩

기울어지던 벽이 무너졌다. 유리창이
깨지고 문이 부서졌다. 지붕이 내려앉았다.
버킷으로 긁어내자 흙먼지가 피어올랐다.
얼마나 지났을까, 방바닥을 파는데 뭔가가
보였다. 기사는 잠시 멈추고 고개를 들어
눈을 가느스름하게 떴다. 흙먼지가 시야를
가렸기에 그는 운전석에서 내렸다. 마당
저편에서 집이 부서지는 걸 보고 있던 수한이
갑자기 멈춘 이유를 물으려고 다가왔다.
거의 허물어진 집으로 들어가는 기사의 뒤를
쫓는데 기사가 비명을 지르며 도망 나왔다.

"왜 그래요?"

돌부리에 걸려 넘어지는 기사를 부축하며
묻자 기사가 손가락으로 집을 가리켰다.

"저, 저기에……."

수한은 그 손을 따라 잔해 더미 속으로
들어갔다.

"아이, 바빠죽겠다니까. 대체 뭐가 있다고

지랄이야."

구시렁거리며 피어오르는 흙먼지를
손으로 내젓던 수한은 거실이었을 곳을 봤다.
푹 꺼진 바닥에 깔린 잔해 사이로 뭔가가
움직였다.

"헉, 저게 뭐야?"

집 마룻바닥 밑에 커다란 구렁이가
있었다. 구렁이는 대가리를 들고 허물어진
집을 한번 보더니 천천히 몸을 움직여
사라졌다. 구렁이가 사라진 곳에 시리게 빛을
발하는 보석 반지가 서러운 듯 놓여 있었다.

작가의 말

옛날이야기를 좋아하십니까? 저는
어릴 때 어른들이 하는 이야기를 듣고
자랐고 꽤 좋아했습니다. 가끔 언니들이나
친구들이 해주는 허무맹랑한 이야기도 너무
재밌었어요. 이 이야기도 수많은 이야기 중
하나가 모티프였습니다.

이무기가 승천할 때 누군가가 본다면
다시는 승천하지 못한다는 전설을 들었을 땐,
많은 생각이 들었습니다. 천 년을 기다린 끝에
승천하는 건데, 게다가 좀 작은 몸입니까?

누가 좀 볼 수도 있지. 그 한 번으로 천 년의 세월을 없었던 것처럼 하는 건 이무기 입장에서는 참 억울한 일이 아닐까. 제가 다 억울했습니다.

그리고 작년, 인터넷 뉴스로 태백에서 찍힌 커다란 구렁이 사진을 보았습니다.

영화에서 본 아나콘다 같은 크기라 기함했고, 이 험난한 세상에서 어떻게 살아가나? 라는 걱정도 들더군요. 이후 합성이었다는 말이 있었지만, 이미 제 마음속에선 이무기와 구렁이로 하나의 이야기가 만들어지고 있었습니다.

그리고 위즈덤하우스에서 청탁 제안이 왔을 때 이 이야기가 번뜩 떠올랐습니다.

'이무기와 인간의 풋풋하고 애절한 첫사랑!'

글을 쓰는 건 참으로 멋진 일입니다. 제가 보고 싶은 이야기를 쓸 수 있으니까요.

대강의 줄거리를 잡을 때는 정말 신났습니다.
현재와 과거가 오갔고, 등장인물들은
매력적이었으니까요.

그러나 머릿속에 떠오르는 걸 글로
풀어낸다는 것은 참으로 힘든 일이기도
했습니다. 인외물은 종종 썼지만, 로맨스를
많이 써보지 않아 어색한 저는 지인들에게
어떤 로맨스를 원하는지 물었습니다.
"로맨스는 망한 사랑이 최고!" 그 '망한
사랑'이 저에겐 너무도 포괄적이라 과연
이 이야기가 '망한 사랑'이 맞는지도
모르겠습니다. 그걸 못 쓴다고 자책도 했고요.

그러다 문득 그게 아니어도 어떤가
싶었습니다. 당찬 계화를 이야기하면서
작가 스스로가 자신이 없어선 안 될 일이라
생각했습니다. 비록 최고는 아니더라도 그
어떠한 형태의 사랑이든 '사랑이었다'라고
말할 수 있다면 좋다고 말이죠.

올여름 내내 계화와 여름을 끌어안고
끙끙 앓으며 썼음에도 그들의 사랑을 다
말하기엔 모자랐고, 부족한 점도 많습니다.
모쪼록 재미있게 읽어주시기를 바랍니다.

2024년 12월

배명은

한 조각의 문학, 위픽 (wefic)

연여름 《2학기 한정 도서부》
서미애 《나의 여자 친구》
김원영 《우리의 클라이밍》
정지돈 《현대적이라고 말할 수 없는 죽음들》
이서수 《첫사랑이 언니에게 남긴 것》
이경희 《매듭 정리》
송경아 《무지개나래 반려동물 납골당》
현호정 《삼색도》
김 현 《고유한 형태》
이민진 《무칭》
김이환 《더 나은 인간》
안 담 《소녀는 따로 자란다》
조현아 《밥줄광대놀음》
김효인 《새로고침》
전혜진 《고르디우스의 매듭을 자르면》
김청귤 《제습기 다이어트》
최의택 《논터널링》
김유담 《스페이스 M》
전삼혜 《나름에게 가는 길》
최진영 《오로라》
이혁진 《단단하고 녹슬지 않는》
강화길 《영희와 제임스》
이문영 《루카스》
현찬양 《인현왕후의 회빙환을 위하여》
차현지 《다다른 날들》
김성중 《두더지 인간》
김서해 《라비우와 링과》
임선우 《0000》
듀 나 《바리》
한유리 《불멸의 인절미》
한정현 《사랑과 연합 0장》
위수정 《칠면조가 숨어 있어》
천희란 《작가의 말》
정보라 《창문》
이주란 《그때는》
김보영 《헤픈 것이다》
이주혜 《중국 앵무새가 있는 방》

위픽은 위즈덤하우스의 단편소설 시리즈입니다.
'단 한 편의 이야기'를 깊게 호흡하는
특별한 경험을 선사합니다.

이 작은 조각이 당신의 세계를 넓혀줄
새로운 한 조각이 되기를.
작은 조각 하나하나가 모여
당신의 이야기가 되기를.

당신의 가슴에 깊이 새겨질
한 조각의 문학, 위픽

위픽 뉴스레터 구독하기
인스타그램 @wefic_book

wefic - 77

계화의 여름

초판 1쇄 인쇄 2024년 12월 18일
초판 1쇄 발행 2025년 1월 8일

지은이 배명은
펴낸이 최순영

출판2 본부장 박태근
스토리 팀장 김소연
편집 곽선희 김다인 김해지
디자인 이세호

펴낸곳 ㈜위즈덤하우스 **출판등록** 2000년 5월 23일 제13-1071호
주소 서울특별시 마포구 양화로 19 합정오피스빌딩 17층
전화 02) 2179-5600 **홈페이지** www.wisdomhouse.co.kr

ⓒ 배명은, 2025

ISBN 979-11-7171-727-9 04810
     979-11-6812-700-5 (세트)

값 13,000원

· 이 책의 전부 또는 일부 내용을 재사용하려면 반드시 사전에
  저작권자와 ㈜위즈덤하우스의 동의를 받아야 합니다.
· 인쇄·제작 및 유통상의 파본 도서는 구입하신 서점에서 바꿔드립니다.